KB235371

Beauty
Power
Blog
뷰티 파워블로거

그녀들이
쓰다

뷰티 파워블로거 그녀들이 쓰다

1판 1쇄 발행 2015년 1월 15일

지은이 김용규, 서자영, 김수진, 장세영

펴낸이 장인행

디자인 캠프커뮤니케이션즈

펴낸곳 깊은솔

등록번호 제1-2904호

등록일자 2001년 8월 31일

주소 서울특별시 종로구 구기동 85-9번지 인왕빌딩 301호

전화 02-396-1044

팩스 02-396-1045

ISBN 979-89-89917-45-8 13810

그녀들이 쓰다

Beauty
power
blog

김용규.
서자영.
김수진.
장세영.

깊은솔

한국의 입소문 파워는 단연코 세계 톱 수준이다. 전통적인 마케팅 기법은 브랜드에서 한 방향으로 일방적인 소비자에게 수신하게 되는 형태다. 그러나 바이럴 마케팅입소문 마케팅은 새로운 패러다임이다.

기업이 메시지 전달자가 아니라 소비자 스스로 전달자가 된다. 실제로 몇 해 전 여론조사기관 AGB 닐슨의 자료를 보면 "한국 소비자들은 신문이나 TV, 라디오 같은 대중 매스미디어 매체 광고보다 입소문을 더 믿는 것으로 조사됐다"라고 밝혔다. 특히 블로그를 비롯한 포털의 소비자 의견 신뢰는 세계 최고다. 이것은 AGB 닐슨이 세계 47개국 소비자들을 대상으로 조사한 결과라고 한다. 정말 세계 어디에도 이런 집중성은 없다. 이런 이유인지 몰라도 요즘 대부분의 마케팅 자체가 블로그를 토대로 하는 것들이 대부분이다. 입소문 마케팅이 뜨고 있다. 포털 등을 통해 제품에 대한 평가를 공유하려는 프로슈머생산자를 뜻하는 producer와 소비자를 뜻하는 consumer의 합성어로 생산에 참여하는 소비자를 의미함들이 많아지면서 기업들도 바이럴 마케팅에 주목하고 있다.

광고주들이 입소문 마케팅에 적극 나서고 있는 이유는 적은 비용으로 높은 홍보 효과를 누릴 수 있기 때문이다.

바이럴 마케팅은 불특정 다수를 겨냥한 텔레비전 광고 등과 달리 정확한 타깃 층이 있다. 처음엔 주로 제품 먼저 사용해 보고 평가와 광고주에게 제품 리뉴얼에 반영할 리포터 역할이었다면 최근엔 거기에 제품 홍보 역할까지 더해져 판매에 많은 도움을 주기도 한다.

이런 면에서 오랫동안 블로그 활동을 직접 해왔고 '스타뷰티쇼'라는 뷰티프로그램을 제작해 오면서 많은 화장품 브랜드의 블로그 마케팅을 통해 많은 효과를 경험해 봤다. 내가 주안점을 두었던 것은 블로그와 SNS 트위터, 페이스북, 카카오스토리, 인스타그램를 연계한 마케팅이다.

또한 요즘 가장 중심에 두어야 할 것은 모바일이다. 왜냐하면 스마트폰 사용자 수가 늘어나고 있으며 피시를 통한 포털 접속보다 모바일을 통한 포털 검색이 대세이기 때문에 모바일에 최적화된 블로그 마케팅이 필요하다.

그리고 블로그 마케팅을 하더라도 한 분야에 집중되어 있는 파워블로거를 활용하는 것이 마케팅에 있어서는 더 전문적이고 효과를 볼 수 있다.

이런 상황은 광고주들의 이동을 봐도 알 수 있다. 네이버의 최신 자료를 보면 모바일 광고 점유율이 2016년까지가 30% 이상 넘을 것으로 예측하고 있다.

난 실제로 '스타뷰티쇼'란 뷰티 프로그램에서 시즌별로 '뷰티스트'

분들에게 블로그 활동을 하도록 했다. 그런 과정 속에서 매 시즌별로 뷰티 파워블로거 분들이 탄생되었다. 그런 과정은 국내 최고의 뷰티 프로그램으로 거듭나는데 1등 공신이 되었고 출연했던 화장품 브랜드들은 많은 홍보 효과를 얻어 매출 상승으로 이어졌다. 이런 블로그 마케팅은 단순히 광고주의 홍보 효과 뿐 아니라 프로그램 마케팅에도 직접적으로 연결되어 있음을 '스타뷰티쇼'를 통해 증명해 냈다.

이런 실전 경험과 프로그램에 뷰티스트로 활동하시면서 본인이 직접 뷰티 파워블로거가 되신 세 분의 파워블로거와 트렌드가 되어버린 바이럴 마케팅의 가장 기본이 되는 블로그 활용법, 실전 뷰티 파워블로거 마케팅에 대한 스토리텔링을 통해 좀 더 많은 대중들과 공유하고 브랜드 마케팅에 작은 도움이라도 되고자 이 책을 기획했다. 공동 집필을 해주셨고 이미 뷰티 블로거 순위 상위 1% 안에 랭킹 되신 서자영, 김수진, 장세영 씨와 이 책을 출판할 수 있도록 도움을 주신 출판사 깊은솔에 깊은 감사의 마음을 전합니다.

김용규

블로그 마케팅 프로그램과 브랜드 홍보의 창구가 되다

015.

뷰티블로거를 꿈꾸다
성장하는 나의 블로그
이름보다 '제이영'이란 닉네임으로 불리는 나
이제는 내가 고른다
한 우물만 파라
작은 것도 신경 쓰자
파워블로그 이용하기
노력하는 만큼 거둔다
우린 친구만큼 가까운 사이
성장통을 겪었던 '제이영의 별빛더하기'
포스팅에 신뢰감을 입히자
'블로거지' No! 난 당당한 블로거다
'누구나'가 아닌 '나'라서 가능한 꿈을 꾸자

서자영
뷰티 블로거 랭킹 상위 0.25%

정직한 블로그가 힘이다

043.

김수진
홈쇼핑 파워블로거

새로운 트렌드가 되다

103.

장세영
짱세일상 블로거

블로거 취업 스펙이 되다

183.

김용규

블로그 마케팅 프로그램과 브랜드 홍보의 창구가 되다

한국의 입소문 파워는 세계 최고다.
입소문 마케팅은 새로운 패러다임이다.
기업이 메시지 전달자가 아니고 소비자가 전달자가 된다.

왜? 블로그
마케팅인가?

블로그 마케팅은 국내 최대 영향력을 가진 포털사이트를 기반으로 폭 넓게 사용되고 있는 바이럴 마케팅의 베이스 역할을 하고 있다.

국내 최대 포털사이트인 네이버의 블로그 활동이 주요 무대가 되고 있다. 네이버의 블로그에 들어가 보면 다양한 카테고리 별로 블로그 활동이 이뤄지고 있다. 이 책을 기획한 것도 내가 직접 블로그 활동을 10년 넘게 해오면서 프로그램 홍보 및 ppl 프로그램의 마케팅 기반이 된 것이 블로그 이었기 때문이다.

가장 빛을 본 것은 '스타뷰티쇼'라는 뷰티 프로그램이었다. 프로그램 서포터즈 같은 역할을 하던 '뷰티스트' 활동을 하던 분들과 블로그와 SNS를 연계한 활동을 했다. 시즌1부터 시즌4까지 3년 동안 꾸준히 프로그램과 같이 활동하면서 뷰티 파워블로거가 되신 세 분과 실전경험을 바탕으로 이 책을 기획 하게 되었다.

그렇다면 왜 포털 기반의 블로그 마케팅이 효과를 볼 수 있는 것일까? 그것은 접근성과 전파성에 있는 것 같다. 포털사이트는 검색기반에 다양한 정보의 집결체이다. 그러다 보니 뉴스 및 정보검색은 포털을 통해서 한다. 그 안에 자연스럽게 팝업창 광고와 포털 전면 광고 등 다양한 마케팅들이 생겨난 것 같다. 여기서 간단하게 네이버 포털

사이트에 주요 광고 기법들을 알아보면 블로그 마케팅에 대한 이해도 높아질 것 같다.

모바일용 버전과 피시용 버전인 네이버는 공용 메인 광고 툴은 약간의 차이가 있지만 광고 툴은 같다고 보면 된다.

크게 두 가지 광고 기법에 대한 이해도만 있다면 포털을 사용하면서도 광고에 대해 한눈에 들어 올 것이다.

첫 번째는 '키워드' 광고다. 가장 포털적인 특징을 가지고 있다. 검색 사용자가 인터넷 매체에서 특정 키워드를 검색하거나 임의의 주제와 관련된 정보를 확인할 때 검색 결과 페이지 혹은 정보 페이지상, 하단에 해당 내용과 관련한 광고를 노출해 광고매체 이용자에게 보여주는 방식의 인터넷 광고를 의미한다. 네이버 키워드 광고는 검색 결과로 노출된 키워드 광고를 사용자가 클릭하고 방문한 수만큼 광고비를 지불하는 클릭 초이스 상품과 네이버 모바일 페이지, 모바일 파트너 앱/웹사이트에 배너 형태로 노출하는 모바일 전용 광고상품이 있다.

그리고 브랜드 키워드로 검색한 사용자를 대상으로 브랜드 로열티를 구축할 수 있는 브랜드 검색 상품이 있다.

두 번째로는 '디스플레이' 광고가 있다. 네이버 메인 상단과 우측 중간에 광고를 하는 형태다. 브랜딩을 목적으로 그래픽 이미지나 플래시 동영상 형태로 메시지를 전달하는 광고 방식으로 특정 페이지를 방문하는 모든 사용자에게 노출되며 배너 광고로도 불린다. 네이버 디스플레이 광고는 네이버 메인 화면의 타임보드, 롤링보드 영역을 비롯해 네이버, 한게임, 쥬니버의 다양한 페이지에 노출되며 광고 단가도 상당히 높다. 이렇듯 포털은 많은 광고주들이 광고 효과를 위해 몰려들고 수많은 포털 사용자들이 이용의 편리함과 장소, 시간에 구애 받지 않는 공간에 몰려드는 이곳은 자연스럽게 바이럴 마케팅의 최적의 요소를 갖추게 되었다. 그런 환경에 가장 영향력을 줄 수 있고 다양한 관심 영역과 전문성으로 무장된 블로그가 주목 받기 시작했다.

모바일과 연계된
포털 위력을 발휘하다

2013년 포털의 PC 트래픽 및 서치수가 모바일로 전이되는 현상이 보다 가속화 되었다.

네이버, 다음 모두 웹은 지속적으로 감소하는 반면 모바일 점유율은 높아져만 가고 온라인과 모바일 트래픽 격차는 점차 좁혀지고 있다. 이는 모바일 기기의 대중화와 이용 증가를 반영하고 있음이다.

즉 모바일 중심의 라이프스타일의 변화는 광고 시장도 변하게 만들었다. 2011년을 기점으로 전 세계 스마트폰 이용자가 PC 이용자수를 추월. 모바일 광고 클릭률은 4.12%로 PC 2.39% 보다 1.7배 높게 나타남. 모바일 광고가 익숙해지면서 광고시장의 잠재성의 기대감도 높아져 가고 있다.

2014년 10월 31일 통계청에 따르면 올해 3분기 온라인쇼핑 거래액은 11조 3790억 원으로 전년 동기 대비 17.8% 증가했다. 이 중 모바일쇼핑 거래액은 3조 8830억 원으로 전년 대비 124.5%나 증가했다. 모바일쇼핑 거래액 비중은 지난해 3분기 17.9%, 올해 2분기 30.3%, 3분기 34.1%로 점차 늘고 있다. 이런 통계를 봐도 향후 모바일 시장에 어떤 콘텐츠가 경제적 가치가 있는지 판단이 될 것이다.

이런 현상을 기반으로 바이럴 마케팅 역시 모바일을 기반으로 진행되고 있다. SNS나 네이버, 다음 같은 포털 역시 모바일 기반으로 주력을 바꾸고 있다. 또한 모바일 기반의 웹들의 경쟁이 더욱 더 가속화 되고 있는 것이 현실이다.

기존의 싸이월드, 네이버, 다음을 활용한 블로그는 피시 앞에 앉아

진행되었다. 그렇지만 모바일 시대가 오면서 블로그도 모바일용 웹으로 나와 스마트폰으로 바로 포스팅을 작성해 올릴 수 있다. 이런 모바일 기반을 잘 활용하는 매체는 매거진인 듯하다. 모바일 기반의 뷰티 톡이라는 앱은 매거진에서 제작해 직접 운영하는 콘텐츠이다. 매거진보다는 좀 스몰 사이즈이지만 뷰티 정보는 다양하고 좀 더 대중적인 콘텐츠이다. 또한 브랜드 광고 영업도 경제적으로 진행하고 있다. 이런 트렌드의 변화에 맞춰 블로거 활동도 모바일을 잘 활용하는 방향으로 모색해 봐야 한다.

모바일 플랫폼
그들을 주목하라

SNS 마케팅의 유행을 이어 요즘엔 모바일 기반의 새로운 마케팅이 부각 되고 있다.

모바일 메신저의 강자로 거듭난 카카오를 들 수 있다. 국내 사용자 약 3천 5백만 명 이상으로 압도적인 지지층을 가지고 있는 카카오의 서비스는 메신저를 통해 친구들과 공유된다는 점에서 더욱 그 가치가 빛나고 매력적인 마케팅 방법으로 독보적인 위치를 점해 가고 있다.

대중들에게 많이 알려져 있고 친숙한 것으로는 사용자가 관심 있는 콘텐츠를 골라 받아보며 동시에 모바일 쿠폰 등 혜택도 누릴 수 있는 플러스 친구, 모바일 패션 전용 플랫폼인 카카오스타일이 있다. 카카오 플러스 친구는 사용자가 브랜드, 스타 등 자신이 관심 있는 콘텐츠를 제공하는 광고주를 친구로 추가해 실시간으로 정보, 콘텐츠, 혜택 등을 받아 볼 수 있다.

메신저 대화의 창을 통해 커뮤니케이션 한다는 것을 활용해 수많은 친구들과 대화하면서 프로모션을 진행한다. 실제로 '스타뷰티쇼' 프로그램을 진행하면서 필립스 카카오스토리 플러스친구와 프로모션을 진행해 봤는데 많은 홍보의 시너지 효과를 봤다. 필립스 제품이 나오는 예고를 플러스친구에 같이 걸고 브랜드에서는 방송일정 고지와 이벤트 선물증정을 같이 진행했다. 많은 플러스친구들이 좋아요를 클릭했고 이벤트에 참여를 했다.

요즘엔 유명 인사들의 스토리를 공유하고 받아 볼 수 있는 '스토리 채널'도 새롭게 추가 되어 많은 사랑을 받고 있다.

포털에서 모바일 기반으로 하고 있는 라인도 있다. 해외에서도 공유할 수 있는 글로벌 모바일 메신저이다. 중국 등 해외에 가입자 수가 많은 것으로 알고 있다.

나 역시 라인을 개인적으로 활용하고 있다. 전화번호부에 자동으로

라인으로 등록되는 것이 추가 되는데 화장품 브랜드 담당자분들도 라인을 많이 애용하고 있어 자연스럽게 라인에 '뷰티천국'이라는 그룹을 만들어 화장품 브랜드 담당자분들만 초대해 화장품 스토리와 마케팅에 대한 정보를 공유하고 있다.

이런 현상에 주목해야 하는 것은 네이버, 다음과 같은 포털을 기반으로 하는 바이럴 마케팅 역시 모바일 플랫폼 기반으로 이동하고 있다. 또한 SNS 마케팅의 대표주자인 페이스북 역시 모바일 기반의 플랫폼으로 대부분 이동했다는 것이다. 즉 스마트폰으로 포털과 SNS를 대부분 사용한다는 것이다.

시간과 장소에 제한 없는 스마트폰이 강력한 플랫폼으로 떠오르고 있는 이유다.

실제로 브라질의 한 의류 회사 C&A의 오프라인 연계 페이스북 마케팅 'Fashion Like'로 진행한 프로모션은 대단한 성공을 거두었다.

자사 페이스북에 옷걸이에 걸린 제품 사진들을 업로드한 후 마음에 드는 제품의 옷걸이 위 '좋아요' 버튼을 누르면 실제 매장에 걸린 제품의 옷걸이에 '좋아요' 누적수가 표시되게 된다. 다른 사람들이 어떤 제품을 좋아하는지 온라인에 굳이 접속하지 않아도 매장에서 단박에 알 수 있어 구매를 결정하는데 큰 도움을 받을 수 있었던 것이다. 이 프로모션은 큰 화제가 되었다.

난 종로 서촌에서 아주 유명한 빵집에서 이런 프로모션이 성공할 수밖에 없었던 이유를 확인할 수 있었다. 서촌 통인시장에 가면 효자 베이커리라는 유명 빵집이 있다. 이 빵집엔 항상 빵을 사려는 고객들의 줄이 늘어서 있다.

다른 유명한 곳들과는 조금의 차이가 있는데 계속 직원 한분이 빵을 들고 나와 줄선 손님들 사이를 오가며 시식 빵을 주며 1등 빵은 콘브레이드, 2등 빵은 어니언크림치즈 슈곰보빵, 3등은 수제 초코파이라며 오늘의 인기 순위 제품 정보를 알려준다. 그리고 계속 순위의 빵들을 들고 나와 시식하게 해준다. 손님들은 줄서기의 지루함도 줄이고 오늘 이 제과점에서 순위 빵 정보를 듣고 어떤 제품을 구매할건지 미리 결정한다. 그러는 사이 자기 순서가 되면 제과점에 입장을 하는데 자연스럽게 미리 결정한 빵들을 구매한다. 사람들은 많고 제과점은 안은 좁고 그런 이유도 있겠지만 입구에서 점원 한분이 안에 상황을 보고 손님이 좁은 가게 안에서 최대한 편하게 구매할 수 있게 적절한 통제를 한다. 마치 홍콩의 명품 숍에서 쇼핑하는 시스템 같다.

이런 감동은 제품의 맛과 함께 더불어 더욱 입소문을 타고 손님은 가게 앞에서 장사진을 이루게 된다. 온라인 비즈니스도 이와 같다고 본다.

전파속도가 더욱 빠르고 깊은 모바일 기반의 플랫폼에서 비즈니스는 네 가지 전략을 가지고 가면 성공할 거라고 확신한다.

첫째, 진정성 있는 콘텐츠로 승부를 걸어라. 마케팅은 마음과 마음이 만나는 곳에서 탄생된다. 지나친 상업적 광고는 자제하고 대중의 마음을 움직일 수 있는 진정성 있는 스토리텔링 콘텐츠가 파괴력이 있다.

둘째, 매체는 급격하게 기술의 발전과 더불어 변한다. 그 속도만큼 고객의 마음도 하루가 다르게 변한다. 그 변화의 트렌드를 놓치지 말자.

셋째, 고객과 대화로 생각하고 생활 속에 광고를 녹여라. 길을 걷다가도 사진을 찍고 차를 마시다가도 글을 올리는 것이다. 요즘 새롭게 등장하는 뷰티 앱들을 보면 이런 전략이 많다. 그냥 일상 속 같은 여성들이 공감 가는 듯한 화장품 스토리 기반의 마케팅을 많이 한다.

넷째, 차별화된 전략을 가져라. 남들이 많이 하는 마케팅 기법에서 벗어난 최소 비용으로 효과를 낼 수 있는 나만의 맞춤형 전략, 그 차별화가 강력한 무기가 된다.

이런 모든 것들은 모바일 플랫폼 기반의 매체들이 있어 가능할 수 있고 더욱더 창의적인 마케팅 기법들이 등장할 것이다.

더불어 3개의 통신사도 아프리카TV와 같은 열린 콘텐츠 유통망과 네이버 TV 캐스트 같은 다양한 콘텐츠 터미널을 구축한다면 새로운 수익구조를 만들 수 있을 것이다. 물론 가장 활성화 될 분야는 모바일 쇼핑몰 관련 영상콘텐츠 일 것이다.

프로그램과
블로그 마케팅

"구슬이 서 말이라도 꿰어야 보배"라는 속담이 있다. 아무리 좋은 구슬이 많아도 꿰어 놓지 않으면 그 값어치가 없는 것인데, 아무리 좋은 것이라도 쓸모 있는 것으로 끝을 맺어 놓아야만 그 가치가 있다는 뜻이다. 즉 프로그램이 아무리 좋고 잘 만들어졌다 해도 시청자들이 선택해 보지 않고 마케팅에 도움이 되지 않는다면 시청률도 브랜드의 선택도 받지 못한다는 것이다.

난, 프로그램을 진행하면서도 이런 부분에 제일 많은 고민을 했고 노력을 기울였던 것 같다.

지하철을 타거나 버스를 타고 사람들을 관찰을 해보면 다들 스마트폰을 보면서 무언가를 열심히 하고 있다. 참 다양하지만 대부분 포털로 인터넷 검색을 하는 경우가 대부분이었다. 네이버의 최신 자료를 보면 2016년까지 모바일 광고가 30% 정도 점유율을 차지할 거라 내다보고 있다.

실제 PC로 검색하는 포털 비율보다 스마트폰으로 포털을 사용하는 비율이 더 높아지고 있다는 방증이고 모바일용 포털과 PC용이 다른 형태도 되어 있는 것은 다 알고 있을 것이다. 모바일용 포털은 편리하게 사용하도록 최적화 되어 있다

그래서 SNS페이스북, 트위터 등은 보조 마케팅으로 활용하고 블로그를 메인 마케팅 창구로 활용하기로 했다.

소비자들을 만만하게 보는 시대는 지났다. 왜냐하면 스마트폰 이용자들의 대다수가 20대에서 30대까지의 젊은 층으로 단순히 콘텐츠를 직접 생산하고 공유하는 세대다.

이들은 실용적이면서도 트렌디 하고 감성적인 것에 민감하다. 자신이 사용하는 제품을 통해 자신의 개성을 표현하고자 한다. 더욱이 블로그의 디테일한 포스팅과 스마트폰이 만나 장소와 시간에 구애 받지 않고 더욱 빠른 속도로 전파될 수 있어졌다.

이런 자료를 바탕으로 확실하게 20~30대의 실제적인 소비자층의 대변인 즉 컨슈머 리포터Consumer Reports 역할을 할 참여자들을 '뷰티스트'란 명칭과 프로그램 시즌별로 기수를 부여해 자부심과 적극적인 참여를 유도했다.

처음 시작하는 프로그램이라는 점을 감안하면 상당히 많은 분들이 지원했고 시즌2에는 640:1의 경쟁률을 보였다. 시즌3와 시즌4에는 이런 여세를 몰아 경쟁률도 경쟁률이지만 블로그를 열심히 하는 분들이 많아져 100여 명의 뷰티스트분들이 활동하게 되었다. 물론 매 시즌별로 3~4명의 파워블로거 탄생은 기본이다. 이미 프로그램은 엄청난 지원군들과 함께 하게 된 것이다.

지원서 하나하나 직접 내가 체크하고 면접 볼 지원자들 리스트를 작가들에 넘기고 일대일 면접을 한 뒤 선발했다.

이때 기준은 학생, 직장인, 주부 등 직업라인을 폭 넓게 선별했고 피부타입별로도 다양하게 선발했다. 그 중에 가장 주안점을 두었던 것은 블로그 활동에 대한 적극성이었다.

왜냐하면 블로그 활동을 통한 마케팅이 브랜드에 대한 접근성과 홍보가 중요했기 때문이다. 사실 내가 직접 블로거와 각종 SNS페이스북, 트위터, 인스타그램, 카카오스토리 등를 직접 하기 때문에 블로그 이웃을 맺은 분들 중에 이미 뷰티 파워블로거 몇 분을 섭외도 했다. 당연히 그들의 활동과 노하우가 필요했고 '뷰티스트' 분들에게도 좋은 이웃이 되고 블로그 활동을 배울 수 있는 모범 답안이기도 했다.

실제로 이런 노력의 결과인지 시즌별로 뷰티 파워블로거 2~3명 정도가 탄생 되었다. 다른 경쟁에 있는 뷰티 프로그램도 이런 부분에서는 '스타뷰티쇼'를 절대로 따라 오지 못할 것이다. 왜냐하면 알면서도 실천하기가 상당히 어렵기 때문이다. 물론 그들과의 신뢰 관계를 쌓아가기도 쉽지 않은 일이다.

그리고 기존의 상업적 뷰티 파워블로거 분들을 통한 마케팅에 한계가 분명하게 있는 부분이 있다. 실제로 상업적 파워블로거 분들의 블로그에 포스팅이 되면 온라인상에 노출되는 효과는 있지만 그것이 매출로 연결되는 경우는 극히 적다. 방송 이후 마케팅은 뒤로 하고 '뷰티스트' 분들의 미모가 화제가 되었고 경쟁력이 된 점은 사실이다. 사실 그녀들의 미모 부분은 의도하지 않았지만 돋보이는 경쟁력이 된 건 행운이었다.

프로그램 홈페이지에도 유입자 수를 늘리기 위해 뷰티스트 분들의 프로필 사진과 블로그 주소를 '스타뷰티쇼' 프로그램 홈페이지 메인에 같이 링크해 놨다. 콘텐츠 허브에 방문자 통계 데이터를 받아 본 결과는 놀랍게도 2~3배 정도 방문자 수가 늘어났고 페이지 뷰 역시 2~3배 정도 늘었다.

이런 결과는 프로그램 홈페이지에 있는 영상 콘텐츠와 브랜드 이미지 등 의도한 대로 노출 효과가 있을 수 있다는 점에서 상당히 고무적이었다.

지금은 '뷰티스트' 분들의 신뢰감을 위해 매 시즌 활동을 열심히 한 분들과 블로그 규모가 커진 분들에 한해 다음 시즌에도 활동을 할 수 있게 하고 있고 시즌3부터는 그 규모를 100명 정도까지 유지하고 있다.

'뷰티스트' 분들은 블로그는 기본 카카오톡, 트위터 등 SNS 활동 외에 강력한 '입소문' 홍보 역할을 충실하게 했다.

한국의 입소문 파워는 세계 최고다. 전통적인 마케팅기법은 광고주가 일방적으로 자신들이 필요한 메시지를 한 방향으로 소비자에게 전달 수신하는 형태다. 그러나 입소문 마케팅은 새로운 패러다임이다. 기업이 메시지 전달자가 아니고 소비자 스스로 전달자가 된다.

　당연히 광고주 마케팅 전략의 타깃도 기업과 소비자 사이의 커뮤니케이션에서 소비자 사이의 커뮤니케이션으로 바뀐다. 대규모 광고와 스타를 전면에 내세운 광고 공세만으로 마케팅이 끝났다고 생각한다면 이미 트렌드에 뒤 떨어진 것이다. 마케팅의 중심축은 소비자 사이의 커뮤니케이션으로 점점 분산되고 있다. 실제로 마케팅 이론 역시 변하고 있다. 기존의 기법은 통계학, 심리학 등 각종 이론적 틀에서 언론이나 광고가 기업이나 제품의 이미지를 어떻게 전달해 효과를 볼 수 있는지 연구하는 방향이었다. 하지만 지금은 소비자 사이에 오가는 내밀한 속삭임까지 다뤄야 하는 학문으로 그 영역을 넓히고 있는 추세다.

　실제로 몇 해 전 여론조사기관 AGB 닐슨의 자료를 보면 "한국 소비자들은 신문이나 TV, 라디오 같은 대중 매체 광고보다 입소문을 더 믿는 것으로 조사됐다."라고 밝혀다. 특히 블로그를 비롯한 포털의 소비자 의견 신뢰는 세계 최고였다. 이것은 AGB 닐슨이 세계 47개국 소비자들을 대상으로 조사한 결과라고 한다. 정말 세계 어디에도 이런 집중성은 없다. 이런 근거도 있었지만 사실 내가 오랫동안 직접 블로그를 해오고 있는 것도 이런 시스템을 구축하는 데 많은 도움이 되었다. 그리고 요즘 대부분이 자체 블로그 마케팅을 많이 하고 있다. 사실 좀 불편한 진실도 있는 건 사실이다. 그럼에도 불구하고 대세는 바이럴 마케팅이라고 생각했다.

입소문 마케팅이 뜨고 있다. 포털 등을 통해 제품에 대한 평가를 공유하려는 프로슈머 생산자를 뜻하는 producer와 소비자를 뜻하는 consumer의 합성어로 생산에 참여하는 소비자를 의미함들이 많아지면서 기업들도 바이럴 마케팅에 주목하고 있다.

광고주들이 입소문 마케팅에 적극 나서고 있는 이유는 적은 비용으로 높은 홍보 효과를 누릴 수 있기 때문이다. 바이럴 마케팅은 불특정 다수를 겨냥한 텔레비전 광고 등과 달리 정확한 타깃 층이 있다. 처음엔 주로 재품 먼저 사용해 보고 평가와 광고주에게 제품 리뉴얼에 반영할 리포터 역할이었다면 최근엔 거기에 더 제품 홍보 역할까지 더해져 판매에 많은 도움을 주기도 한다.

지금 생각해 봐도 프로그램의 성공을 위해 구축한 것 중 가장 강력했던 것은 프로슈머 역할을 한 '뷰티스트'였던 것 같다.

실제로 지금까지도 블로그 활동을 계속 하시고 계신 '스타뷰티쇼'의 뷰티스트 이신 이 책의 공동저자 세 분은 블로그 랭킹 순위 사이트의 기록에 보면 상위 1%안에 랭킹 되어 있다. 특히 서자영 씨는 일정하게 10위권에 랭킹 되곤 한다. 그들의 영향력은 엄청나다고 할 수 있다.

스토리텔링이 있는
콘텐츠를 만들어라

블로그 마케팅은 앞에서 이야기 한 것처럼 많은 홍보 효과를 가져 올 수 있다. 하지만 천편일률적으로 똑같은 내용의 포스팅이 우후죽순 있다면 그것은 그냥 단순 노출이지 의도하던 마케팅은 될 수 없다.

브랜드에서 보편적으로 하는 바이럴 마케팅을 보면 거의 스토리텔링이 없다고 봐야 한다. 물론 브랜드에서 주는 소스는 콘셉트가 있다. 그렇지만 그 재료가 상업적인 파워블로거들에게 전달되면 똑같은 콘텐츠가 된다. 대부분 바비이럴 마케팅의 기본은 10여 명의 파워블로거가 베이스캠프가 되어 포스팅을 확산 노출하는 개념이다. 이렇게 천편일률적인 콘텐츠는 소비가 많이 되지 않는다. 단순하게 노출되어 있는 효과 외에는 얻을 수 있는 것이 많지 않다. 많은 뷰티 파워블로거 분들의 포스팅과 댓글을 분석한 뒤 우리만의 차별화된 포스팅 전략을 세웠다.

매 시즌이 시작될 때 뷰티스트_{스타뷰티쇼 프로그램의 참여도 하면서 블로그 활동을 의무적으로 하는 서포터즈} 발대식을 진행하면서 블로그 마케팅에 대한 전략을 뷰티스트 분들에게 설명하고 프로그램 진행과 맞물려 바이럴 마케팅을 진행했다.

그 첫 번째로는 차별화된 포스팅이다. 브랜드에서 보내온 획일화된 사진이 아닌 본인들이 직접 제품을 시연하는 장면과 동영상으로 포스팅을 만든다. 이런 포스팅은 즉각적인 반응이 온다. 비밀댓글들이 많이 달리고 대부분의 글들은 제품의 실용적인 면과 사용 후기에 대한 솔직한 느낌에 대한 이야기들이다. 이것처럼 큰 입소문은 없을 것이다. 결과론적으로 이런 포스팅 전략은 블로그 포스팅 상위에 노출되어 검색을 하면 맨 위쪽에 우리 뷰티스트 분들의 포스팅이 올라가 있다.

뷰티 프로그램에 참여한 브랜드들은 대부분 그 영상과 스틸 사진을 활용해 바이럴 업체에게 마케팅을 의뢰한다. 하지만 그런 방식은 노출 효과 외에는 매출까지 이어지는 경우가 많지 않은 것이 최근의 경향이다. 이런 현상을 냉철하게 보면 스토리텔링이 있는 것과 획일화된 포스팅과의 차이점이라고 할 수 있다.

두 번째 프로그램 녹화에 참여했을 때 걸 그룹과 서인영 MC, 도윤범, 수경원장 등과 사진을 찍고 포스팅을 올린다. 또한 제작진에서 별도의 사진을 촬영해 녹화에 참여 하지 못한 뷰티스트 분들에게도 공유를 해주었다. 이런 차별화 전략은 좋은 반응을 얻었다.

네이버에서도 이런 콘텐츠는 새로운 개념이라 상위 노출을 쉽게 시켜 준다.

이것 역시 사전에 치밀한 준비를 했다. 걸 그룹 빅매치 결과는 스튜디오 녹화에 참석한 뷰티스트와 녹화에 참여하지 않은 뷰티스트도 카카오스토리에 방을 따로 만들어 녹화 현장을 공개, 그녀들도 투표에 참여를 시켰다.

걸 그룹들은 그녀들의 한 표 한 표에 승패가 결정 난다는 것을 알았고 녹화 쉬는 시간 내내 뷰티스트 분들과 다양한 포즈로 사진 촬영을 하고 본인들을 어필하기 시작했다.

이것이 살아있는 콘텐츠로 연결되고 블로그 상에서는 다른 블로그에는 없는 포스팅이 되다 보니 많은 화제를 불러 일으켰다.

결국, 블로그 마케팅의 기본은 획일화된 콘텐츠가 아닌 본인만의 스토리텔링이 있는 살아 있는 포스팅이 살아남는다는 것이다.

집단 블로그 마케팅을 구축하라

뷰티스트와 그녀들의 블로그 활동을 마련해 놓고 기본적인 준비를 마친 다음 고민한 것은 개별의 블로그가 아닌 개별의 하나인 블로그를 구축하는 것이었다.

이 말은 프로그램을 홍보하기 위해 뷰티스트 분들이 개별로 블로그 영향력을 키우고 홍보를 한다고 해도 그건 하나의 블로그 일수밖에 없다는 것이다.

또한 처음 블로그 활동을 하는 분들은 짧은 시간 만들어진 블로그에 포스팅을 올린다 해도 방문객도 없고 이웃들이 없다면 활동은 위축될 수밖에 없다.

사실 블로그 마케팅 시스템을 구축한다는 것이 좀 생소하긴 하다. 많은 브랜드들이 자체 홍보를 위해 서포터즈 구축, SNS를 활용한 신제품 홍보 이벤트 등을 진행하는 방식이 대부분이다. 프로그램들은 요즘 케이블 콘텐츠가 다변화 되면서 각종 본방사수 이벤트부터 기프트 쿠폰을 주는 여러 사이트와 공동으로 이벤트를 진행하는 방식도 등장했다. 그 중 가장 파괴력 있고 홍보효과가 큰 것은 포털과 같이 진행하는 프로모션이다. 그렇지만 내가 진행하던 프로그램에는 이런 홍보비용으로 책정할 여유가 없었다.

다양한 전략들을 분석한 뒤 조금은 자신감이 들었다. 비용 없이 프로그램 홍보를 할 수 있는 방법들. 우리에겐 최고의 무기인 블로그 그리고 100명의 강력한 파워블로거 서포터즈가 있었다.

뷰티스트 자격 중에 가장 중요한 것은 블로그 활동이었다. 뷰티스트 활동을 연이어 하는 분들은 블로그 규모도 좀 되고 뷰티 파워블로거 명성을 조금씩 얻어가는 분들이어서 그녀들과 내가 먼저 이웃을 맺어

둔다. 그리고 새로운 뷰티스트 분들이 블로그 활동을 처음 하는 분들은 서로 서로 이웃을 맺게 하였다. 그리고 포스팅을 올리면 서로 댓글도 달아주고 조금 부족한 부분은 쪽지로 개선 방향을 보내주었다.

덕분에 새벽에도 울리는 알림벨 소리에 잠을 설치기긴 했다. 난 실시간으로 뷰티스트 분들의 포스팅에 댓글을 달아주곤 했다. 덕분에 그녀들에게 "LTE 댓글"이라는 별명을 얻었다.

그리고 카톡으로 프로그램 방을 만들어 그녀들이 다 참여하는 본방사수 이벤트도 동시에 진행했다. 시청자 참여도 중요하지만 뷰티스트들의 적극적인 프로그램 참여가 성공의 관건이었다.

블로그와 카톡을 활용한 참여율을 높이자 매주 기사도 늘었고 다음과 네이버 포털 실시간 검색순위 10위권 안에 항상 "스타뷰티쇼"와 프로그램에 출연하는 스타의 이름이 랭킹 되었다. 아마도 이런 현상은 시즌 1~3까지 계속 되었다.

블로그에 프로그램 예고 영상과 관련 포스팅이 많이 오르면 블로그에도 방송 영역이 있어 메인 부분에 그 포스팅을 올려 준다.

메인 부분에 오르면 상당한 노출 효과가 있다. 만약 이것이 파워블로거 들이 상당히 있고 다수의 블로그에 이런 포스팅이 올라간다고 생각해 보자. 더욱이 PPL과 관련이 있는 프로그램이라면 그 노출 및 효과는 상상 그 이상이라고 할 수 있다.

실 예로 뷰티스트 분들이 프로그램 포스팅을 올린 것들은 매주 블로그 방송 카테고리 메인에 올라 포털 상위에 항상 노출이 되었다. 또한 경쟁력 있는 블로그들이 프로그램 타이틀을 태그로 걸고 동시에 다양한 포스팅을 올리다보니 프로그램 실시간 검색 순위도 상위권에 랭크되는 효과를 얻었다. 결국 블로그 하나로 파워블로그도 만들고 그 효과로 프로그램 홍보 효과도 얻고, 이것은 브랜드들에게 PPL를 바탕으로 바이럴 마케팅의 단초를 제공하게 되어 일석 삼조 효과를 가져 왔다.

이런 집단 블로그 형태는 새로운 형태의 프로그램 홍보 틀이 되었고 비용 대비 효과는 검증을 마쳤다.

프로그램을 블로그로 홍보하는데 가장 효과적인 것은 서포터즈 분들의 연대심을 고취시켜주는 것과 참여율을 높이는 방법을 고민하는 것이 1순위다. 또한 그들이 블로그 활동으로 본인이 같이 성장하는 동기부여를 해주는 것이 가장 큰 무기이다. 결국 타 채널에서 투자하는 엄청난 프로그램 홍보비 대비 비용 하나도 들이지 않고 많은 효과를 거둔 것은 이런 것들에 기인한 것이다.

스타뷰티쇼 뷰티스트
블로그 입문기

프로그램을 통한 블로그 활동은 아무런 배경 없이 블로그 활동을 하는 것 보다는 여러모로 유리한 점들이 많다. 프로그램 타이틀을 메인 화면에 걸고 활동을 하면 처음 하는 블로그 치고는 많은 방문자들이 생겨난다. 프로그램 녹화 현장이나 프로그램 예고 그리고 화장품 선물 포스팅, 아름다운 뷰티스트 분들과 함께 촬영한 사진 등 포스팅 재료들이 넘쳐난다.

이것은 블로그가 커가는 훌륭한 밑바탕이 된다. 한 시즌별로 100여 명의 뷰티스트 분들이 활동을 하는데 이들이 모두 블로그를 잘 할 수는 없다. 그래서 블로그를 기본 이상을 할 수 있는 매뉴얼이 필요했다. 블로그를 정말 잘 하는 분들도 계시지만 일반적으로 블로그를 처음 접하는 분들이 많기 때문에 포스팅 작성의 매뉴얼이 필요했다. 또한 포스팅을 올리는 것 역시 많은 노력과 시간이 필요하기 때문에 활발한 블로그 활동을 유도하는 것은 그리 녹녹한 것은 아니다.

'스타뷰티쇼'의 블로그 활동은 그리 어렵지 않다. 우선 방송이라는 매체가 있어 포스팅 소스들이 많다. 두 번째로는 화장품 선물이 많기 때문에 차별화된 포스팅을 올릴 수 있다. 더욱이 이런 것들이 방송과 연계되면 다수의 블로그들의 포스팅과는 차별화되기 때문에 경쟁력이 있다.

나는 우선 블로그에 갓 입문한 분들 위주로 전략을 세웠다. 우선 블로그를 만들고 포스팅을 하면 생각한 것만큼 방문자 수가 늘지 않는다. 한 달 정도 활동을 꾸준히 하고 이웃들을 많이 맺어 두면 방문자 수는 차츰 늘어난다.

그런 단계에서 더욱 블로그를 발전시키기 위해서는 내 블로그를 방문하는 방문자들의 경향을 알아야 한다. 지피지기면 백전백승. 이런 세 가지 정도만 파악하고 블로그에 입문하면 점차 블로그가 활성화되고 방문자 수가 현저하게 증가할 것이다.

스타뷰티쇼 뷰티스트들의 블로그 활동 기본 가이드 교육 정보

유입자 통계를 분석하라

블로그 관리 창에 들어가 보면 방문 통계요약 리포터가 있다. 그 곳에 방문자 현황에는 방문자 트렌드, 방문자 분포, 시간대별 분포와 본인 블로그에 대한 통계 자료들이 있다.

우선적으로 파악해야 할 것은 방문자 수와 그에 따른 페이지뷰 수다. 사실 방문자 수도 중요하지만 페이지뷰가 더욱 중요하다고 볼 수 있다. 페이지뷰가 높다는 것은 그만큼 포스팅의 노출이 많이 되었다는 것을 의미한다.

　방문자 분포는 연령대와 성별 방문자의 통계가 나와 있어 맞춤형 포스팅의 효과를 예측할 수 있다.

포스팅은 언제 올릴 것인가?

블로그 포스팅을 올린다고 해서 바로 유저들한테 선택되어 노출되는 것은 아니다. 블로그 관리 창에 들어가 보면 시간대별 분포 리포터란이 있다. 그곳을 보면 본인 블로그에 방문자들이 어느 시간 때 많이 들어오고 페이지뷰를 하는 것에 대한 전일과 당일에 대한 비교 통계 데이터를 보여 준다. 가장페이지뷰가 많이 되는 시간, 즉 골든타임을 노려 포스팅을 올리면 많은 효과를 볼 수 있다.

태그의 효과

블로그를 자주 활용하시는 분들은 너무나 잘 알고 있는 이야기다. 하지만 초보라면 반드시 활용해야 할 팁이다. 본인의 포스팅이 블로그 상위에 노출되거나 검색이 많이 되게 하려면 기본적인 태그를 잘 활용해야 한다. 포스팅을 작성하고 맨 아래 태그란이 있다. 그곳에 이 포스팅의 카테고리 표시를 하고 태그작성을 한다.

　예를 들면 스타뷰티쇼의 미란다커가 나오는 편 예고를 올린다면 태그란에는 방송, 미단다커, 스타뷰티쇼 미란다커 출연 등의 태그를 표기하면 포털의 블로그 검색이 되어 블로그 상위에 검색될 수 있어 네티즌들이 쉽게 이 포스팅을 보러 들어올 수 있다.

파워블로거 그녀들을 소개합니다

스타뷰티쇼 시즌1~4동안 활동을 하면서 꾸준한 블로그 활동으로 단계적 성장을 보여준 그녀들이 있다. 블로그 랭킹을 산정하는 사이트에서 뷰티 부분 상위 1%에 랭킹 될 정도로 블로그 활동을 잘해 왔다.

진정한 뷰티 파워블로거로 거듭난 제이영의 블로거의 서자영 씨, 홈쇼핑 파워블로거로 독특한 영역을 구축한 콩슈니블로그의 김수진 씨, 그리고 블로그 활동을 취업 스펙으로 만든 장세영 씨. 지금부터 뷰티 파워블로거 그녀들의 이야기를 들어보자.

서 자 영

뷰티 블로거
랭킹 상위 0.25%

정직한 블로거가 힘이다

블로그는 내 얼굴이자 나를 알리는 명함이라고 생각한다.
혜택을 위해서 내가 사용해보지도 않은 제품을 극찬하지도 않으며
문제가 있는 제품을 미화시키지도 않는다.

뷰티블로거를 꿈꾸다

2013년 8월 17일, 스타뷰티쇼 시즌3의 뷰티스트 3기 발대식 현장!

지극히 평범하고 남들과 다를 것 없던 잔잔한 삶에 심장을 뛰게 하는 나만의 작은 사건이 일어났다.

대학교 졸업 후 5년간의 직장 생활과 대학원 석사 학위 취득. 나의 20대는 하루도 쉴 틈 없이 달려왔다. 그래서일까? 버거웠던 일상은 건강악화로 이어졌고 직장을 그만두고 프리랜서로 일하면서 바빴던 일상이 단조로워지기 시작했다. 매일을 바쁘게 지낸 사람이라면 아는 공허함! 지극히 평범하고 너무 단조로운 일상에 신선한 자극이 필요했다.

어느 날 우연히 열어본 메일함에 눈을 번쩍 뜨게 할 내용이 들어있었다.

'스타뷰티쇼 시즌3의 뷰티스트를 모집합니다.'

'뷰티방송?!' 피부에 관심이 많은 것 외에 꾸미는 것도 방송에도 관심이 없던 내가 단조로운 일상에 무엇인가가 필요했기에 무작정 지원하게 된 스타뷰티쇼 뷰티스트.

덜컥! 합격했다는 문자를 받고 기쁨보다는 새롭고 낯선 것에 대한 약간의 두려움으로 안절부절 했던 기억이 난다. 방송. 정말 나와는 맞

스타뷰티쇼 뷰티스트 3기 발대식 사진

지 않았기에 친구들에게조차 알리지 않고 설렘 반 두려움 반으로 발대식에 갔다.

역시나! 발대식 현장에는 정말 예쁘고 어린 뷰티스트의 모습에 한숨이 절로 나왔다. 외딴섬에 혼자 있는 느낌이랄까! '난 대체 왜 뽑힌 걸까?!'

이렇게 잔뜩 두려움의 먹구름이 긴 상태로 시작한 발대식은 김용규 PD님의 블로그를 통한 바이럴 마케팅의 중요성과 활동에 대한 강의로 시작되었다.

인터넷을 통한 마케팅 활동은 기업 또는 개인의 이익에 많은 도움을 주고 점점 더 중요해지고 있다는 걸 현장에서 직접 느낀 김PD님의 강의에 집중 또 집중했다. 내 전공은 경영학! 아! 드디어 아는 거다. 친숙한 마케팅 강의에 두려웠던 마음이 어느새 사라지기 시작했다.

"바로 이거다."

외모도 나이도 남들보다 나를 더 빛나게 할 수 없다면 난 블로그 마케팅 활동으로 경쟁력을 키우자. 남들에게 지기 싫어하는 오기가 발동되기 시작했던 순간이다. 그때부터 생각이 많아지기 시작했다.

블로그, 트위터, 페이스북 등 SNS 활동을 해본 적 없지만, 그동안 해왔던 일이 마케팅이었는데 '설마 어렵겠어? 바이럴 마케팅도 같겠지.'라고 생각을 했다. 그런데 시작하자마자 벽에 부딪혔다. 바이럴 마케팅은 내가 지금까지 해왔던 것과는 전혀 다르다는 걸 알게 됐다.

　계정 개설과 블로그 세팅까지 금방 끝날 줄 알았던 나의 생각과 달리 발대식 후 집에 돌아와서 하루 종일 노트북을 붙잡아도 블로그와 씨름을 하는 나를 발견하게 됐다.

싸이월드가 유행했을 때도 한 달 정도 해보고 나와 맞지 않는다며 고이 접었던(?) 나인데, 블로그 가입부터 꾸미기까지 하나하나가 머리에 쥐가 났다. 5시간 만에 한 개의 포스트를 간신히 올리고 평소에 보지도 않던 다른 블로거들의 글을 구경하기 시작했다. 그리고 내가 그 동안 너무 뒤쳐져 있었다는 걸 깨달았다.

　처음 접한 블로그는 백만이 넘는 어마어마한 가입자들이 있고, 몇몇 블로거들의 인기는 연예인들보다 더 많은 낯선 세상이었다. 그리고 그들이 쏟아내고 있는 엄청난 양의 정보들에 위대함까지 느낄 정도였다.

　파워블로거라는 말과 마크라는 것도 있고, 파워블로거에 대한 부정적인 논란의 여지가 있는 기사들을 통해 그 영향력도 높다는 것을 알았다.

　그렇게 한참을 구경하면서 감탄하고 신기해하는 동안 뷰티, 패션, 맛집, 영화 등등 블로그 마다 가지고 있는 테마에 맞게 꾸미고 해당하는 글을 쓴다는 걸 또 몇 시간이 지나서야 알게 되었다. 지금 생각해보면 정말 아무것도 모르던 나였다.

　내가 첫 번째로 해야 될 일은 나만의 테마를 갖는 것이었다.

"일상을 할까? 맛집을 해볼까? 어학? 영화?"

솔직히 뷰티는 메이크업을 못하는 나에게 번외대상이여서 생각도 못하고 있었다. 나도 잘 못하는데 누구한테 정보를 알려줄까라는 생각이 많았던 것 같다. 난 전문가가 아니니까! 다른 분야는 몰라도 뷰티는 전문가가 하는 것이 맞는다고 생각했다. 그런데 이상하게 자꾸 뷰티 블로거의 글을 보면서 끌리기 시작했다. 그러면서 내 스스로 합리화를 시켜갔다.

"그래도 평소에 피부 관리는 잘한다는 소리는 듣고 살았는데……."

메이크업은 못하지만 피부 관리에 집착하는 나!

나름 동안이라는 소리를 들으며 다른 사람보다는 피부 관리에 쌓아온 노하우도 있고, 어차피 스타뷰티쇼라는 뷰티 방송에도 참여하는데, 배우고 공부하면 뷰티 쪽도 할 수 있을 거라는 생각까지 미쳤다.

"그래 무조건 부딪쳐보자. 해답이 보이겠지."

'나는 뷰티블로거다!' 뷰티로 끝까지 가보자.

- Beauty review

스킨푸드 스페셜허니 특가... [60]

▲ 스킨푸드 로열허니 토너 & 아이크림 안녕하세요. 제이영입니...

2014.12.11

스킨푸드 생푸드 단호박 ... [82]

▲ 스킨푸드 생푸드 단호박 ♬ 안녕하세요. 제이영입니다. 이 달의 ...

2014.12.08

연말 파티 메이크업 라벤... [130]

▲ 연말 파티 메이크업 라벤더 핑크룩, 코스모폴리탄 12월호 안...

2014.12.02

아비노 세타필 비교, 악건.... [70]

▲ 아비노 vs 세타필 : 악건성 고보습크림 안녕하세요. 제이영입...

2014.11.26

토니모리 보습크림추천 1.... [48]

▲ 보습크림추천, 124시간으로 리뉴얼 된 토니모리 100시간 크림 ...

2014.12.10

엔프라니 솔루시안 2종 : ... [44]

▲ 엔프라니 솔루시안 2종(첫번째 세럼, 세번째 보습크림), 이마트 화...

2014.12.06

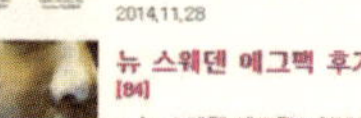
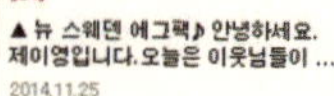

스킨푸드 로열허니 프로폴... [50]

▲ 스킨푸드 로열허니 프로폴리스 에센스 후기요 ~! 안녕하세요...

2014.11.28

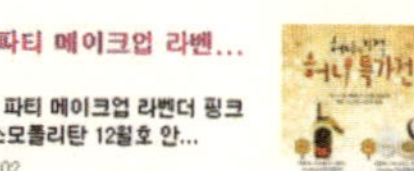

뉴 스웨덴 에그팩 후기입... [84]

▲ 뉴 스웨덴 에그팩♬ 안녕하세요. 제이영입니다. 오늘은 이웃님들이 ...

2014.11.25

올리브영 추천제품 23Ye a... [44]

▲ 올리브영 추천제품, 23Years old 바데카실 안녕하세요....

2014.12.09

겨울철 메이크업, SK2 탄.... [84]

안녕하세요. 제이영입니다. 지난 주말에는 부산을 다녀왔어요. 일 때문에 간...

2014.12.03

스킨푸드 흑석류 오일 후... [56]

▲ 스킨푸드 흑석류 오일 & 흑석류 특가전 안녕하세요. 제이영입니...

2014.11.27

라라베시 악마크림! 90 시... [68]

▲ 라라베시 오가닉 악마크림, 90시간 수분크림 안녕하세요....

2014.11.24

'제이영의 별빛더하기' 첫 화면

성장하는
나의 블로그

처음 블로그를 시작했을 때, 이웃은 뷰티스트와 몇몇 지인들이 전부였다. 하루 평균 방문자 수 20명, 일일 평균 100명이 되는 블로그에도 부러워하며 가족과 지인에게 들어오라고 강요도 해봤다.

사진 찍는 것도 찍히는 것도 좋아하지 않던 나였기에 내가 찍은 사진이나 내 모습이 부끄러워 사진크기도 제일 작은걸 선택해서 올렸을 정도였다.

그래도 한 가지 믿는 구석은 내 장점이자 단점이 미련하다는 것이었다. 요령이나 창의력은 부족하더라도 성실함과 응용력은 남들에게 뒤지지는 않는다.

쓰지 못하는 글이고, 찍지 못하는 사진이어도 사춘기 시절 잘 꾸미고 싶었던 다이어리처럼 무조건 매일 그리고 예쁘게 일기처럼 써내려갔다.

그렇게 아무 생각 없이 하루 일과처럼 숙제를 하던 어느 날, 블로그가 한 달이 되고 두 달이 되고 시간이 지날수록 눈에 띄게 일일 평균 방문자 수가 늘기 시작했다. 배수 가까이 늘어나는 성장에 너무 신기해서 신이 났다.

50명, 100명, 200명, 500명, 1000명, 2000명······.
그리고 1년이 지난 현재는 일일 평균 7천 명 이상, 이웃 수 1600
명 이상이 되는 블로그가 됐다.

조회 수, 게재글 수 등의 양적 성장만 한 것이 아니다. 꾸준히 응용
하고 발전한 노력의 결과로 블로그의 질적인 성장도 함께 이뤄졌다.

뷰티 관련 기업 홈페이지에 소개되는 나의 화장품 후기

사바비안, 에뛰드하우스, 손앤박 등 국내 화장품 기업의 홈페이지에
내가 쓴 글이 게재되어 베스트 리뷰어로 뽑히기도 했다. 사진을 올리
는 것이 부끄러워서 제일 작은 사이즈로 올렸던 나에게 예전에는 상
상도 못했을 일이고 내 스스로도 '많이 성장했구나!'를 느끼게 해주는

사진출처: 에뛰드하우스 공식 홈페이지

사진 출처 : 코스모폴리탄 12월호

일들이 벌어지기 시작한 것이다.

뷰티 잡지에 소개된 내 닉네임

블로그 시작 1년이 될 무렵 국내 유명 잡지 중 하나인 코스모폴리탄에서 연락이 왔다. 앞으로 코스모폴리탄의 '코스모스타'라는 이름으로 잡지에 실릴 화장품 리뷰 및 메이크업 노하우 등을 촬영, 연재해달라는 요청이었다. 단발성이 아닌 장기 프로젝트! 이름이 아닌 내 블로그 닉네임으로 소개될 예정이라는 말에 뷰티블로거로서 자부심을 느끼게 해줌과 동시에 어깨가 으쓱거렸다. 그리고 드디어 2014년 11월에 동영상과 잡지 화보 2가지 컨셉으로 모든 촬영을 마쳤고, 나의 연말 파티 메이크업 동영상과 화보는 코스모폴리탄의 공식 홈페이지 게시되고, 12월호 잡지에 나왔다. '잡지에 내가 나온다니!' 블로그를 시작하기 전에는 상상도 할 수 없던 일들이 나에게 생긴 것이다.

그 외에도 블로그 이웃들이 뷰티블로거 하면 내 블로그가 먼저 떠오른다는 응원의 글도 남겨주고, 친구들이 우연히 검색을 해서 들어왔는데 "네 것이었다"고 따로 연락이 왔을 때는 블로그 하기를 잘했다는 생각을 한다.

1년이라는 시간 동안 성장한 블로그는 이제 내 자부심이자 일상이 되었다.

이름보다 '제이영'이란 닉네임으로 불리는 나

"안녕하세요. 제이영입니다."

CNP 차앤박화장품 플래그쉽스토어
OPEN 행사 간담회

메일, 문자, 전화 등등 첫 인사말로 요즘 내가 가장 많이 쓰는 말이다.

요즘은 이름 대신 닉네임으로 나를 밝힌다. 어느덧 이런 일상이 익숙해졌다.

화장품 리뷰 의뢰부터 뷰티클래스 그 밖의 행사 참석에서 내 이름을 부르는 곳은 극히 드물어졌다. 참석자 명단이나 심지어 택배 상자에도 내 닉네임이 적혀있고, 업체의 관계자도 나를 '제이영'이란 닉네임으로 부른다. 나에게는 명함처럼 되어버린 이름이 되었다.

사실 '제이영'이란 뜻은 별게 없었다. 내 이름을 영어 이니셜로 쓰면 'J. Young'이 되기 때문에 남들이 쓰기 좋으면서 부르기 쉽게 한글로 바꾼 말이다. 그래도 나름 오랜 시간 생각하고 수정해서 완성된 것이다.

처음에는 다른 사람들에게 이름이 아닌 닉네임으로 불린다는 게 낯설었다. 꼭 인터넷 채팅 세상 속에서 살고 있는 어색한 느낌도 들고, 남들이 들으면 비웃을까봐 조심스레 얘기하며 부끄러워하기도 했었다.

e-mail을 주고 받을 때도 '제이영'이란 닉네임을 사용한다.

어느 화장품 서포터즈 모임에서 자신의 블로그를 소개하는 자리가 있었다. 내 블로그를 소개하자 그 자리에 있던 다른 블로거들이 내 블로그를 안다며 제이영님, 제이영님……이라고 부르기 시작했다. 내 이름을 알고 있었는데도 그 자리에서 나는 끝까지 닉네임으로 불렸다.

처음에는 부끄럽고 불편했는데, 집으로 돌아오면서 내 블로그가 많이 커져서 나라는 존재가 닉네임으로 불릴 수 있구나 하고 생각하게 됐다. 연예인들이 가명이나 해당 캐릭터 이름으로 더 많이 불리는 것처럼 말이다.

직장을 다닐 때 직급으로 불러지는 것처럼 나에게는 어느새 블로그가 직장이 되고 직급이 되고 나의 이름이 된 것이다.

이젠 나를 소개하는 자리에서 당당하게 얘기한다.

"뷰티 블로그 '제이영의 별빛더하기'를 운영 중인 세이영입니다."

이제는 내가
고른다

블로그를 처음 시작하는 사람의 고민이 있다면 포스팅의 소재거리일 것이다.

일상을 올리는 사람들은 매일 매일이 포스팅 거리의 연속이지만, 한 분야를 정해서 운영하고자 결정하게 되면 어떤 걸 올려야 할지부터 막막하다.

스타뷰티쇼를 시작하면서 블로그를 운영하였기 때문에 처음에는 방송에 관련된 리뷰와 출연 시 받는 제품 위주로 글을 올렸다. 그런데 매일 하루에 한 개씩 글을 쓰자는 내 계획에는 턱없이 부족한 소재거리였다. 그래서 찾은 것이 집에 있는 모든 화장품을 이용하는 것이었다. 내가 사용했던 것 중에 좋은 제품 위주로 추천을 하면서 워밍업이라고 생각하며 열심히 글을 썼다.

포스트수가 늘어나면서 글과 사진 실력도 조금씩 늘기 시작했다.

그러던 어느 날 네이버 쪽지로 제품 후기 요청을 받았다. 처음 있는 일이였기에 신기하면서 의심하기도 했다. 제품을 지원 받고 후기를 올리면 끝?! 사용 후기를 써야 되는 조건이 있었지만 말 그대로 협찬이었던 것이다.

협찬이란 얘기는 연예인들에게만 있다고 생각했던 지극히 아니 블로그 세상에 문외한이었던 나에게 눈이 번쩍 뜨여지는 그야말로 사건이었다. 유명한 브랜드는 아니었지만 처음으로 누군가에게 뷰티 블로거로 인정을 받았다는 것만으로 만족하면서 열심히 다양한 테스트도 하고 아침저녁으로 사용하면서 그 어느 때보다 더 열심히 후기를 썼다.

그렇게 첫발을 내딛은 후 조금씩 이러한 요청들이 많아지기 시작했다. 이제는 하루에도 몇 통씩 오는 리뷰와 행사 요청에 내가 해야 될 것들 하지 말아야 될 것들을 구분지어서 후기를 쓰기 시작했다. 이제는 내가 선택받는 입장이 아닌 선택할 수 있는 입장이 된 것이다.

그리고 항상 만나면 "요즘 정말 행복해요."라며 긍정에너지 넘치는 에스테틱 전문 브랜드 '끌리메' 이은순 대표님은 처음에는 단발성으로 후기를 요청했었다. 그런데 솔직하고 재밌는 내 후기가 마음에 든다며 앞으로 영원히 함께 서로 윈-윈 하기로 약속했다. 전국 40여 개의 지점을 둔 에스테틱에서 내가 원하는 관리를 받을 수 있고, 끌리메는 바이럴 마케팅을 할 수 있다.

이 외에도 매월 다른 제품의 선물 상자를 받아볼 수 있는 '글로시박스'와도 함께 하고 있다. 블로그 1년! 후기 요청이 오는 것만으로도 감사했던 블로거에서 이제는 좋은 브랜드를 직접 선택할 수 있는 블로거가 된 것이다.

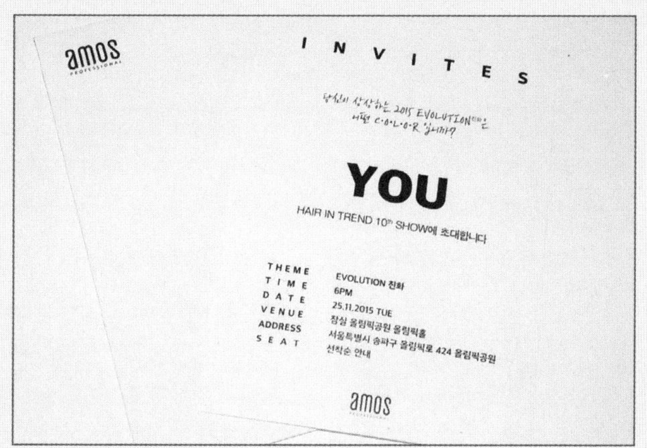

2014 아모스 HAIR IN TREND 10th Show 초대장

에스테틱 전문브랜드 '끌리메'

한 우물만
파라

난 뷰티블로거다. 가끔씩 다녀왔던 맛집과 여행지 그리고 오늘 본 영화 등의 후기를 올리기도 하지만, 누가 뭐라 해도 난 뷰티 정보를 전달해주는 뷰티블로거다. 내 블로그 메인 화면에는 뷰티와 관련된 글만 보이게 하고 있다.

네이버 블로그에 글을 쓸 때는 그 글의 카테고리를 정할 수 있다. 일상·생활, 맛집, 패션·미용, 영화, 여행 등 그 종류도 수십여 가지가 넘는다.

블로거들의 가장 위험한 선택이 잡블로그 만들기이다. 많은 블로거들이 잘 아는 분야가 아닌 왠지 좋아보여서 또는 이슈가 되어 검색률이 높아질 것 같아서 짜깁기 하듯 퍼온 글들을 올린다.

필요한 게 있어서 들어갔는데 제목과 전혀 다른 내용이거나 내용이 알차지 않아서 나온 경험들은 한 번씩은 있을 것이다. 검색률을 높이기 위해 만든 블로그는 들어가서 보는 순간 '이 블로그는 잡블로그구나!'라는 생각이 든다. 사진도 몇 장 없고 글도 쓰는 둥 마는 둥 제목만 자극적이게 쓰고 검색률을 높여서 사람들을 끌어 모은 것이다. 그러면 그 블로그의 다른 글들이 궁금해지지 않고 바로 그 페이지를 벗어나게 된다.

블로그를 시작할 때 자신이 가장 잘 알고 있으며 지속적으로 꾸준히 올릴 수 있는 분야를 정하는 것이 가장 중요하다.

내가 생각하는 블로그는 단순 가십거리가 아닌 하나의 거대한 정보를 품고 있는 도서관이다. 그것이 지금까지 포스트를 쓸 때 '요'가 아닌 조금은 딱딱해 보일 수 있는 '다'로 끝나는 이유이기도 하다. 별거 아닌 것 같지만 문장이 '다'로 끝나면서 간결한 어체는 보는 사람들에게 객관적으로 정보를 전달해준다는 인상을 주어 알기도 쉽고, 믿음을 주기 때문이다.

사람들은 자세한 정보와 자신이 꼭 체험하지 않아도 쉽게 해당 지식을 알고 싶어서 블로그를 찾는 것이지 단순히 소개의 글을 보기 위해서 검색까지 하면서 블로그를 보는 것이 아니다. 단순 정보를 위해서라면 기사나 잡지에 나온 광고글을 보면 된다.

네이버 블로그에는 방문자 수, 방문 횟수, 페이지뷰 수를 통계해주는 프로그램이 있다. 내가 블로그 방문자 수보다 더 중요하게 생각하는 수치는 바로 페이지뷰 수다. 방문자 수와 페이지뷰 수가 같거나 거의 차이가 없다면, 블로그를 방문한 후 다른 글들을 보지 않고 바로 나갔다는 것을 의미한다. 다른 글을 볼 필요가 없는 것이다.

블로그 방문자가 다른 글들에 관심이 없어 빨리 나갔다는 의미는 자기가 원하는 정보의 내용이 부족하다는 것이라고 생각한다. 블로그

기간	방문자수	방문횟수	페이지뷰
2014.12.05 (금)	8,267	8,465	9,286
2014.12.06 (토)	7,491	7,693	8,456
2014.12.07 (일)	8,294	8,510	9,343
2014.12.08 (월)	8,147	8,379	9,162
2014.12.09 (화)	7,674	7,848	8,566
2014.12.10 (수)	9,635	9,878	10,748
2014.12.11 (목)	9,226	9,461	10,250

'제이영의 별빛더하기'
블로그 방문자 수, 방문 횟수, 페이지뷰 통계자료

의 질을 높이려면 방문자의 수를 늘리는 것보다 페이지뷰 수를 늘리는 것이 중요하다고 생각한다.

보통 뷰티에 관심이 있어 들어온 방문자들은 내 글에 만족을 하게 되면 다른 글들도 찾아보고 종종 이웃추가를 해서 필요한 정보를 찾아서 오기도 한다. 자연스럽게 이웃이 늘어나고 조회 수도 늘어나게 된다.

뷰티를 검색해서 들어온 방문자는 뷰티 정보가 많은 블로그를 선호하고, 맛집을 검색해서 들어온 방문자는 맛집 정보가 많은 블로그를 선호한다. 이건 당연한 것이다. 우리가 휴대폰의 한 기종을 좋아하게 되면 그 기종이 새로운 제품을 출시했을 때 믿고 사는 것과 같은 이치이다.

일기를 쓰듯 한 분야의 글을 꾸준히 올리게 되면 어느 순간 나도 모르게 전문가가 되어있을 것이다. 내 글을 읽는 사람들도 필요했던 정보를 모두 얻어갈 수 있다.

한 우물만 파라! 잡블로그는 NO!

이것이 블로거로 자신의 위치를 다지는 가장 중요한 밑거름이 될 것이다.

작은 것도
신경 쓰자

블로그를 시작할 때 가장 많은 공을 들이는 부분이 바로 꾸미는 것이다. 스킨, 글씨체, 레이아웃 하나까지 나를 알리고 보기 좋게 만들어야 되기 때문이다. 지금은 스킨과 레이아웃은 어느 정도 완성한 단계지만 새로운 글씨체가 생기면 사용해보고 나와 잘 맞는지를 확인하기를 반복한다.

처음 시작할 때부터 블로그 꾸미기가 완성될 때까지 거의 매일같이 변화를 시도했었다. 가끔 처음 블로그를 시작하는 분들이 전체적으로 마음에 든다고 어떻게 꾸몄는지를 문의할 때가 있다.

네이버 블로그 꾸미기는 의외로 쉽다. 자신의 블로그에서 관리 – 꾸미기 설정 – 디자인 설정 또는 메뉴관리 순으로 손쉽게 블로그를 꾸밀 수 있다.

물론 평소에 포토샵이나 컴퓨터 디자인을 잘 하는 사람은 직접 스킨과 위젯을 만들어서 꾸밀 수 있다. 그러나 대부분의 블로거들이 컴퓨터 디자인을 잘하는 것은 아니기 때문에 간단하게 네이버에서 제공되는 스킨과 레이아웃 디자인을 사용하면 된다. 타이틀이라고 불리는 블로그 상단 영역과 사진에 넣는 서명을 이웃에게 선물 받아 사용하

 **기본설정**
블로그의 정보 관리

 **꾸미기 설정**
자유로운 디자인 편집

 **메뉴·글 관리**
메뉴와 글 관리 설정

스마트리포터™
통계와 방문현황

기본정보 관리
블로그 정보 N
블로그 주소
프로필 정보

사생활 보호
블로그 초기화
방문집계 보호설정
컨텐츠 공유설정

스팸차단
스팸 차단 설정 N
차단된 글목록
덧글·안부글 권한

열린이웃
이웃·그룹 관리
나를 추가한 이웃
서로이웃 맺기 1460

모바일 블로그
스마트폰 어플 설치

디자인 설정
스킨 선택
새 스킨 만들기
레이아웃·위젯 설정
세부 디자인 설정
타이틀 꾸미기
포스트·덧글 스타일

아이템 설정
퍼스나콘
뮤직
폰트

네이버 캐쉬·선물내역
캐쉬 이용내역
아이템 선물내역

메뉴관리
상단메뉴 설정
블로그
메모게시판
프롤로그

글배달·이벤트
블로그씨 질문
이벤트

글 관리
덧글
엮인글
태그
포스트 저장

플러그인·연동 관리
글쓰기 API설정
그린리뷰 배너 설정 N
애드포스트

퀵에디터 관리
퀵에디터 설정 N

통계요약
통계요약보기
내가 저장한 통계

방문자 현황
방문 트렌드
방문자 분포
시간대별 분포

유입경로 분석
검색유입 분석
유입 URL 분석

인기포스트
조회수 Top
덧글수 Top
스크랩수 Top

네이버 블로그 관리페이지

는 것 외에는 기존에 있는 것들로 블로그를 꾸몄다. 사진에 넣는 서명도 간단한 프로그램으로 만들 수 있다.

　첫 번째, 색상을 선택하라.
　색상이라고 표현했지만 전체적인 분위기를 통일시키는 작업이다. 스킨은 블랙, 글은 핑크, 타이틀은 오렌지라면 어떤 느낌이 들 것인가. 어떤 색상으로 통일할 것인지에 대해서 많은 생각을 했다. 뷰티와 가장 어울리는 색상에 어떤 것이 있을까? 첫 번째로 떠올랐던 색이 바로 '핑크'였다. 평소에는 좋아하지 않는 색이지만 여성들이 많이 보는 뷰티를 주제로 한다면 왠지 핑크라는 색상이 어울릴 것 같아 선택을 했다. 전체적인 스킨 색상은 연한 핑크로 하고, 메뉴의 색상은 조금 더 선명하게 보이기 위해서 진한 핑크 색상을 사용했다. 만약 맛집 블로그라면 보는 사람들에게 식욕을 당기는 색상을 선택하는 것이 좋을 것이다. 레드, 옐로우, 오렌지는 식욕을 촉진시키고 시각적으로 음식의 맛을 향상시키는 색인 반면 블루, 그린, 블랙은 식욕을 억제시키는 작용을 한다. 색상 선택만으로도 전달하고자하는 블로그 테마의 효과를 높일 수 있는 것이다. 꼭 통일된 색감을 선택하여야 되는 것은 아니다. 그러나 색을 다양하면서 감각적으로 활용할 수 있는 사람들은 많지 않다. 개성이 강한 분들은 여러 색상을 사용해서 독특한 느낌의 블로그를 만들지만 자칫 잘못하면 지저분해보일 수 있기 때문에 한 색상으로 통일했다. 전체적으로 색감을 통일해주면 나머지 세부 디자인은 색에 맞춰서 쉽게 선택할 수 있다. 색감 통일은 블로그에 올리는 사진과 글의 느낌에도 영향을 준다고 생각한다. 가장 중요한 단계 중 하나인 것이다. 블로그를 꾸미기 전 전체적인 색상 선택부터 하자.

두 번째, 레이아웃은 넓게! 프롤로그는 필요한 것만!

레이아웃은 꾸미기 설정 – 디자인 꾸미기 – 레이아웃·위젯 설정에서 지정할 수 있다. 네이버 블로그는 레이아웃이 좁고 넓음에 따라 포스팅에 사용하는 사진의 크기가 제한되어 있다. 최대 900px까지 지정 가능하지만 레이아웃이 좁아지면 사진 px이 줄어들어서 작은 사진만 올릴 수 있다. 처음 이 사실을 모를 때는 보통 크기의 레이아웃을 사용해서 사진크기가 740px까지 밖에 되지 않았다. 레이아웃이 좁을 때는 550px을 사용했고 지금은 740px을 주로 사용하고 있다. 레이아웃이 넓어지고 사진이 커지면 포스트가 깔끔해지고 더 잘 쓴 것 같은 느낌을 준다.

프롤로그는 처음으로 방문자들과 인사하는 첫 화면이자 대문이다. 사람에게 첫인상이 중요하듯이 프롤로그는 방문자에게 어떤 인상을 남길지에 대해 중요한 역할을 한다. 미묘한 차이가 블로그의 이미지를 좌우한다.

프롤로그는 메뉴·글 관리 – 메뉴관리 – 프롤로그에 들어가면 설정

<u>**프롤로그**</u>

사용설정	**사용 중**
	사용상태는 메뉴사용에서 변경할 수 있습니다. <u>상단메뉴 설정</u>▸

보기 설정

형태	목록	사용설정	카테고리/메뉴선택	노출수	노출순서
포스트 강조	1 메인목록	필수	전체보기 변경	3줄 ▽	위치고정
	2 이미지목록	☐	Beauty review 변경	1줄 ▽	∧ ∨
	3 글목록	☐	Like it Beauty 변경	1줄 ▽	∧ ∨
	4 글목록		<u>메모게시판을 사용하지 않습니다.</u>		[사용하기]
	이미지 목록에는 동영상/이미지가 첨부된 포스트만 보이게 됩니다.				
이미지 강조	1 메인 이미지목록	필수	전체보기 변경	2줄 ▽	위치고정
	2 글목록	☑	Beauty review 변경	3줄 ▽	∧ ∨
	3 글목록	☑	Like it Beauty 변경	3줄 ▽	∧ ∨
	4 글목록		<u>메모게시판을 사용하지 않습니다.</u>		[사용하기]
	이미지 목록에는 동영상/이미지가 첨부된 포스트만 보이게 됩니다.				

'제이영의 별빛더하기' 프롤로그 설정 화면

할 수 있다.

사진에 나온 프롤로그 설정은 현재 내가 설정하고 있는 화면이다.
포스트 강조형과 이미지 강조형으로 나뉘는데, 포스트 강조형은 메인 사진과 함께 포스트 두 번째 줄까지의 글이 노출된다. 글 위주의 객관적인 자료를 포스트 하는 분들에게는 포스트 강조형을 추천하지만, 보통의 포스트는 사진으로 전달하는 것이 효과적이기 때문에 이미지 강조형을 추천한다. 글이 없고, 사진과 제목만으로 보여줄 수 있어 깔끔하다는 장점과 함께 여러 장의 사진을 첫 화면에 보여줄 수 있다.
메인 이미지 목록은 필수로 설정해야 되며, 3줄까지 선택이 가능하다. 난 가장 최신의 글들을 보여주기 위해서 카테고리 전체보기를 설정했다. 그리고 아래 글목록 부분은 뷰티와 관련된 카테고리만 보일 수 있도록 해줬다. 자신의 블로그 주제가 아닌 가끔씩 다른 것을 올리고 싶어서 만든 카테고리는 굳이 메인 프롤로그 화면에 넣지 않아도 된다. 프롤로그는 필요한 카테고리만 보이게 설정하는 것이 좋다.

세 번째, 퍼스나콘과 폰트 등 작은 것에도 신경 쓰자.
폰트 일명 글씨체는 포스트를 쓸 때 보는 이들에게 어떤 느낌을 줄 수 있는지를 결정하는데 가장 중요한 역할을 한다. 나도 아직까지 글의 느낌과 어투에 따라서 폰트를 재설정하고 있다. 유료도 있지만, 무료로 신규로 나오는 폰트들이 많아서 한 달에 한번 정도는 새로 나온 폰트를 확인하고 테스트 겸 포스팅을 하나씩 해보고 마음에 안 들면 바꾸고 있다.

네이버 블로그가 익숙하지 않다면 퍼스나콘이라는 말이 낯설 것이다. 퍼스나콘은 다른 블로그에 덧글을 쓸 때 사용하는 이모티콘과 같은 것이다. 퍼스나콘은 이웃들에게 덧글로 인사를 하는 사진이기 때문에 아무것이나 설정할 수 없다.

그러나 퍼스나콘도 폰트처럼 유료가 있긴 하지만 무료로 쓸 수 있는 퍼스나콘이 다양하기 때문에 따로 돈을 들여 사지 않아도 된다. 그리고 기본설정 – 기본정보 관리 – 블로그 정보 내에 있는 프로필형 덧글 사진부분을 클릭해주면 기본으로 설정된 퍼스나콘 외에 프로필 사진이 퍼스나콘이 되어 다른 블로그에 덧글을 썼을 때 퍼스나콘으로 나타나게 된다. 자동 연동이 되어 프로필 사진이 바뀔 때마다 퍼스나콘도 함께 바뀌게 된다.

파워블로그
이용하기

작가나 기자들이 아니기 때문에 블로그를 시작할 때 어떻게 글과 사진들을 풀어야할지 막막할 것이다. 내 주변에는 블로그를 하는 사람이 아무도 없었기 때문에 참고할 자료가 없었다. 정말 맨땅에 헤딩한다는 심정으로 쓰기 시작했다. 그때 나에게 한줄기 빛과 같은 존재는 파워블로그였다.

네이버에서는 일 년에 한 번씩 각 분야의 블로그 중 활동지수를 분석하여 파워블로그를 선정한다. 파워블로그 선정기준이 다방면으로 복잡하고 매년 기준이 달라지기 때문에 딱 이렇게 하면 된다고 확정된 얘기를 할 수 없다. 2012년에는 패션·뷰티 분야의 파워블로그가 10명이 선정되었지만, 2013년에는 단 1명만이 선정되었다.

다만 블로그의 활동성, 인기도, 주목도 등 여러 방면에서 분석하여 선정하기 때문에 보통의 블로그보다는 포스트의 질적인 면에서 믿을 수 있다.

파워블로그로 선정되면 여러 혜택들이 있는데 내가 생각하는 가장 큰 혜택은 블로그 소개이다. 네이버 블로그 홈에서 한 카테고리를 지정해 연도최근 6년 이내에 따라 파워블로그로 선정된 블로그를 소개해준

네이버 파워블로그 소개 페이지

다. 이 소개 페이지를 잘 활용해보자. 자신이 하고 싶은 분야의 카테고리에서 가장 마음에 드는 파워블로그를 3명 정도 선정하여 마음에 드는 사진 기법이나 글 방식들을 그대로 따라 해보자.

처음에는 따라하는 것만으로도 버겁다는 것을 느낄 것이다. 사진을 찍는 방법부터 레이아웃, 느낌을 전달하는 방식까지 그들이 오랜 기간 쌓아온 노하우는 한순간에 그대로 베낄 수 없기 때문이다. 그렇게 하나둘씩 따라하다 보면 어느 순간 '이건 해봤는데 나와 맞지 않는다. 이건 좋다.'라는 것이 나타난다. 모방은 창조의 어머니라는 말이 있지 않는가. 그때서야 비로소 파워블로그의 방식에 자신만의 스타일이 추가된 나만의 것이 생긴다.

난 지금도 파워블로그의 글과 파워블로그로 선정되지는 않았지만 뷰티 블로그 중에서 글을 잘 쓴다는 인기 블로그를 몇몇 선정해서 매일같이 보고 따라하고 있다. 볼 때마다 내가 부족한 것이 무엇인지 어떤 걸 고치고 추가해야 되는지를 배운다. 이미 갖추어진 나만의 틀이 있어서 편하게 지금 스타일에 만족하면 되지만 힘든 과정을 겪어야 남들도 나를 따라하고 싶은 날이 오지 않을까 하는 마음으로 항상 공부를 하고 있다. 그리고 그렇게 내 블로그는 점점 발전하고 있는 것이다.

노력하는 만큼
거둔다

네이버 블로그에는 '블로그 지수'라는 말이 있다. 블로그 지수는 블로그를 하는 모든 사람들이 원하는 소위 말해 내 글이 상위 노출_{검색 시,}

블로그 첫 페이지에 내 글이 뜨는 현상을 잘 될 수 있게 도와주는 밑바탕이다.

블로그 지수가 높아지는 정확한 기준은 없다. 다만 네이버 파워블로그 선정 기준 중 블로그 활동지수 분석이라는 항목이 명시되어 있다.

블로그 활동지수 분석에는 블로그 활동성 지수, 블로그 인기도 지수, 포스트 주목도 지수, 포스트 인기도 지수 총 4가지의 항목으로 나눈다.

이 네 가지 항목은 파워블로그를 선정할 때 사용하는 블로그 활동지수 분석이며, 내가 블로그를 하는 동안 가장 많이 신경 썼던 부분이다.

이번 장에서는 블로그 활동지수 분석을 바탕으로 내가 직접 해봤던 방법에 대해서 얘기하려고 한다.

그 첫 번째는 '나와의 약속지키기'이다

난 항상 "블로그는 어떻게 키워요?"라는 질문에 "공부처럼 매일같이 꾸준히 해보세요."라고 대답한다. 정말 성의 없는 답변처럼 들리

겠지만, 공부에 왕도가 없다는 말처럼 블로그도 하루아침에 커지는 것이 아니다.

블로그 시작 후 1년이 넘는 지금까지 난 나와의 약속을 지키려고 부단히 노력해왔다. 365일 중 360일은 글을 썼던 거 같다.

사람들은 새해 첫 날 다이어리를 사면서 꽉꽉 채워 예쁘게 쓰리라 다짐을 한다. 그러나 몇 달 뒤 텅텅 비어가는 다이어리를 발견하게 된다.

난 블로그는 다이어리라고 생각한다. 매일 꾸준히 써야 되는 일기처럼 또는 일정을 관리하는 다이어리처럼 꾸준히 올려서 족적을 남기는 거다.

처음 블로그를 시작할 때는 검색을 해서 들어오는 사람은 거의 없을 것이다. 지인들이 들어와 주고 싸이월드처럼 파도 타기하듯 이웃들 블로그에서 내가 남긴 댓글네이버 블로그에서는 덧글이라 부름을 보고 오는 사람도 있을 것이다. 만약 우연히 방문자들이 들어갔는데, 글도 없고 활성화도 되어 있지 않는 블로그를 본다면 어떻겠는가? 그 블로그는 일회성 방문으로 끝날 것이다. 그런데 매일 관련 글을 올려 꾸준히 관리된 블로그라면? 일회성 관심으로 들어왔던 방문자는 그 내용에 매료될 것이다. 지속적으로 끌어들이는 힘을 갖게 되는 것이다.

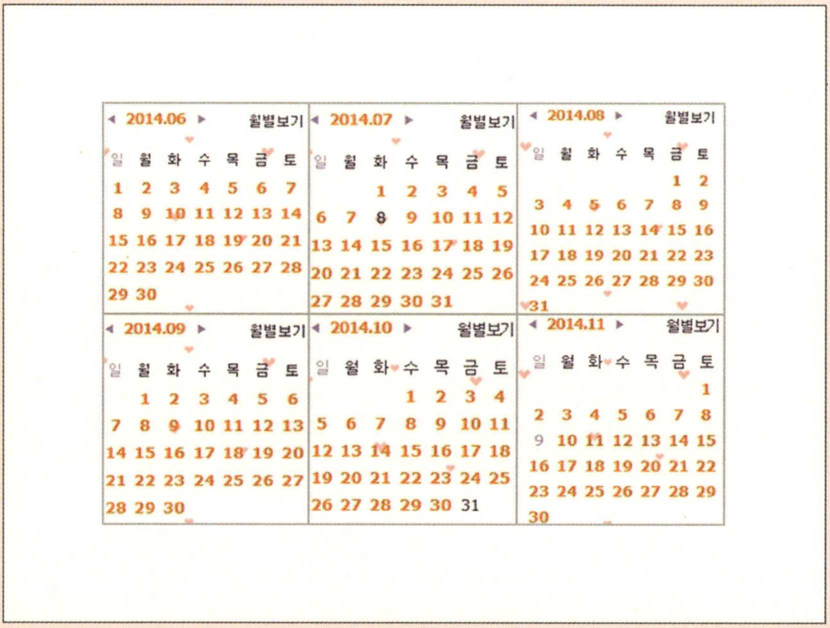

◄ **2014.06** ► 월별보기	◄ **2014.07** ► 월별보기	◄ **2014.08** ► 월별보기
일 월 화 수 목 금 토	일 월 화 수 목 금 토	일 월 화 수 목 금 토
1 2 3 4 5 6 7	1 2 3 4 5	1 2
8 9 10 11 12 13 14	6 7 8 9 10 11 12	3 4 5 6 7 8 9
15 16 17 18 19 20 21	13 14 15 16 17 18 19	10 11 12 13 14 15 16
22 23 24 25 26 27 28	20 21 22 23 24 25 26	17 18 19 20 21 22 23
29 30	27 28 29 30 31	24 25 26 27 28 29 30
		31

◄ **2014.09** ► 월별보기	◄ **2014.10** ► 월별보기	◄ **2014.11** ► 월별보기
일 월 화 수 목 금 토	일 월 화 수 목 금 토	일 월 화 수 목 금 토
1 2 3 4 5 6	1 2 3 4	1
7 8 9 10 11 12 13	5 6 7 8 9 10 11	2 3 4 5 6 7 8
14 15 16 17 18 19 20	12 13 14 15 16 17 18	9 10 11 12 13 14 15
21 22 23 24 25 26 27	19 20 21 22 23 24 25	16 17 18 19 20 21 22
28 29 30	26 27 28 29 30 31	23 24 25 26 27 28 29
		30

네이버 블로그 달력 위젯 :
글을 쓰면 달력의 숫자색이 바뀐다

블로그 활동성 지수는 블로그 운영 기간, 포스트 수, 포스트 쓰기 빈도, 최근의 포스트 활동성이 포함되어 있다.

내가 얘기한데로 꾸준히 글을 쓰다 보면 블로그 활동성 지수는 다른 블로거보다 단연 으뜸이 될 것이라고 확신한다. 매일 글을 쓰는데 다른 누구보다도 포스트 수나 포스트 쓰기 빈도수에서는 최고이지 않은가!

처음 글을 쓸 때는 누가 봐주는 사람도 없고, 댓글도 없다. 돌아오지 않는 메아리처럼 나 혼자 떠드는 것 같고, 재미도 없어서 포기하고 싶다.

그렇게 매일같이 글을 쓴 지 한 달 반이 될 무렵 조회 수의 변화가 일어났다. 10명에서 500명으로 뛴 것이다. 500명? 지금 몇 천, 몇 만의 일일 평균 조회 수를 찍고 있는 블로거들에게는 눈 깜짝할 사이에 들어오는 숫자에 불과할 것이다. 그런데 초보 딱지를 막 떼려는 나에게는 500명이 된 날 얼마나 기분이 좋았는지 모른다. '블로그는 이 맛에 하는구나!'를 느꼈던 순간이다. 블로그 지수라는 게 높아지고 검색 순위가 조금씩 앞으로 가면서 자연스럽게 봐주는 사람도 늘어나고, 다양한 사람과의 소통을 통해서 재미를 느끼게 된 것이다.

블로그에 지름길은 없다! 그래서 나는 오늘도 글을 쓴다!

우린 친구만큼
가까운 사이

블로그 시작 후 내가 항상 고마워하는 사람들이 있다. 바로 네이버에서 '이웃'라고 불리는 블로거들이다. SNS의 순기능은 다양한 사람들과 소통하고 알게 되는 것이라고 생각한다. 바쁜 현대인들이라는 단어는 항상 연결이 되는 단어다. 바쁘게 사는 요즘 우리들은 직장 동료가 아니면 주변 지인들을 자주 만나지도 못한다. 가끔 전화나 문자로 안부를 묻거나 일이 있을 때에만 약속을 잡고 만나야 된다.

그런데 비록 직접 만나지는 못하지만 나의 이웃들은 내가 글을 쓰면 덧글로 그 글에 대한 반응을 보이거나 안부를 묻고는 한다. 생각보다 많은 이웃들이 매일같이 나와 블로그를 통해 대화를 하고 있다. 이제는 그들이 어떤 상황에 놓여있는지, 몸이 아픈지 등 서로 걱정도 해주고 조언도 해주면서 친한 친구 사이가 되었다.

블로그 활동지수 분석 중 블로그 인기도 지수는 블로그 전체를 아우르는 통계다. 방문자 수, 방문 수, 페이지뷰, 이웃 수, 스크랩 수가 포함된다. 페이지뷰에 대한 내용은 앞에서 다뤘다. 방문자 수와 방문 수는 가장 중요한 부분이지만 검색률에 따라 자연스럽게 높아지는 것이기 때문에 전반적인 내용에서 조금씩 다루도록 한다.

블로그 인기도 지수 말고 포스트 인기도 지수라는 항목이 있다. 덧글, 엮인글, 공감, 조회, 스크랩 등 포스트 단위의 반응지표를 분석하는 항목이다. 내가 쓴 포스트가 얼마나 인기가 있는지 척도가 되는 것들이다.

포스트의 인기를 높이려면 덧글과 공감이 필요하다. 글에 대한 다양한 반응을 볼 수 있어서 상위노출보다 덧글과 공감 수를 더 중요시하는 기업들도 있다. 덧글과 공감 수를 높이기 위해서는 많은 이웃들이 필요하다.

검색을 해서 들어오는 블로거들은 정말 궁금한 점이 있을 때 외에는 덧글이나 공감 등을 남기지 않는 것이 보통이다. 그러나 이웃들은 다르다. 내가 쓰는 글이라면 관심이 없는 내용이라도 덧글이나 공감을 남기며 반응을 보여준다. 해당 글에 대한 의견을 얘기하기도 하지만, 그냥 친구와 수다를 떨듯이 "오늘 날씨가 좋아요. 저 지금 일하러 왔어요." 등의 덧글을 남길 때도 있다. 돌아오지 않는 메아리를 느꼈던 나이기에 난 그 하나하나가 정말 감사하다. 지금은 모든 글에 평균 50개 이상의 덧글이 있다.

이웃의 종류에는 서로 이웃과 이웃이라는 구분이 있다. 서로 이웃은 서로의 새글이나 알림을 양방향으로 알 수 있는 관계이며, 이웃은 일방적인 관계이다. 이웃을 늘리는 방법에는 여러 가지가 있지만 가장 많이 하는 방법이 아무 블로그에 들어가 서로이웃을 신청하는 것이다. 처음 시작하는 블로거들은 이웃수를 늘리기 위해 수락을 한다. 그러나 이런 블로거 대부분이 수락을 해도 신청할 때 외에는 거의 오지 않는 사람이 대부분이다.

내가 하는 방법은 우선 서로이웃을 신청한 블로거의 글을 보고 덧글과 공감을 남기고 온다. 그런 다음 해당 일이 아닌 그 다음날에도 내 블로그에 방문을 했다면 수락을 해준다. 무턱대고 수락하는 것보다는 안전한 방법이며 소통을 하고 싶다는 의지가 보이기 때문이다.

지금 나는 400명 정도의 서로이웃과 1200명 정도의 이웃들이 존재하며 대부분 그런 방식으로 관계를 맺었기 때문에 하루에 약 400번 이상 이웃들의 방문횟수로 연결되고 있다.

Give & Take. 많은 시간과 노력이 필요하다. 난 대중교통을 이용할 때나 하루의 일정한 시간은 이웃들의 새글에 글 남기기와 답글 쓰기에 시간을 할애한다. 너무 바쁜 날은 그들이 내 글에 덧글을 남기면 그때그때 바로 찾아가서 덧글이나 공감을 남긴다. 소통은 일방적으로 이뤄져서는 안 된다. 서로에게 의지가 되고 응원을 해주는 것이 진정한 소통이라고 생각한다. 조회 수가 많이 나오는 블로거들 중 덧글이 거의 없는 블로거들이 있다. 글을 올려서 조회 수 높이는 것에만 집중

제목 끝부분 〔 〕에 표시된 숫자는
덧글 수를 의미한다.

내가 추가한 그리고
나를 추가한 이웃 수

하는 모습을 보면 블로그를 단순 자기 홍보나 경제적 수단으로만 생각한다는 느낌이 든다.

그리고 감사함의 표시로 한 달에 한번 정도 '제이뷰티박스'라는 타이틀을 걸고 이벤트를 진행하고 있다. 내가 리뷰를 했던 제품들을 깨끗하게 모아서 또는 새로운 제품을 직접 구입해서 선물상자를 만들어 이벤트를 여는 방식으로 이웃들에게 나눔을 한다. 벌써 17번째 이벤트 진행을 마쳤고 이웃들에게 반응도 좋다. 그렇게라도 감사하는 마음을 표현하고 싶었고 앞으로도 계속 진행 할 예정이다. 이웃들의 관심으로 포스트 인기도 지수는 자연스럽게 높아지고 있다. 그리고 나에게 리뷰를 맡기는 업체들도 제품에 대한 반응을 다양하게 볼 수 있기 때문에 내 글을 다른 블로거의 글보다 더 선호한다.

SNS 세상에서 얻은 나의 소중한 이웃들! 그들은 내가 블로그를 하는 원동력이자 자산인 것이다.

성장통을 겪었던
'제이영의 별빛더하기'

포스트 주목도 지수는 포스트 내용이 충실하고, 많은 방문자들이 포스트를 읽고, 덧글과 공감을 남길수록 주목도지수가 올라가게 되는 것을 말한다.

'포스트 내용이 충실하다.'

이것의 기준은 명확하지 않다. 나는 항상 열심히 쓰는데 왜 다른 사람만큼 블로그가 커지지 않을까 고민하는 사람들이 있다. 나도 블로그에 한참 염증을 낼 무렵 성장통 아닌 성장통을 겪었다.

상위노출이 잘 되었던 내 글이 검색페이지 맨 마지막에 위치하기 시작한 것이다. 블로그를 조금 안다는 사람들이라면 가장 무서워하는 단어 바로 '저품질'에 걸린 것이다. 저품질이라는 단어는 블로거들 사이에서 만든 단어이다. 갑자기 내 글이 검색 순위가 한참 뒤로 밀린 것을 뜻하며, 걸리는 순간부터 서서히 일일 방문자 수가 떨어지면서 블로그의 암흑기로 간다는 말이다. 저품질이라고 스스로 판단한 블로거들은 네이버 고객센터에 전화도 걸어보고 1:1 문의도 해보지만 그런 단어는 블로거 사이에서만 떠돌기 때문에 절대 해답을 얻을 수 없다. 저품질을 견디다 못한 블로거들은 블로그를 그만두거나 새로운 블로그 주소를 만들어 다시 시작하기도 한다.

항상 나는 글을 쓰고 내 글이 검색페이지 몇 번째인지 검색을 해보는 습관이 있다. 그날도 글을 쓰고 15분 후 내 글을 검색했는데 평소 어느 정도 이 위치이면 내 글이 보였는데 하는 페이지에 내 글이 없는 것이다. "아직 반영이 안 됐나?" 싶어서 5분을 더 기다리기로 했다. 5분 뒤, 아직도 내 글이 해당페이지에 없는 것이다. 갑자기 불안감이 엄습해왔다. 최근 익숙해지고 똑같은 것의 지루함으로 글을 쓰는 시간이 단축되고 간단한 것들 위주로 쓰며 포스트 쓰기 달인처럼 행동했었기 때문이다. 그래서 내 글이 보일 때까지 페이지 수를 뒤로 눌러가며 검색했다. 결과는 검색페이지 맨 마지막에 위치한 내 글의 제목을 볼 수 있었다. 정말 눈앞이 깜깜하다는 게 어떤 건지 느낄 수 있었다.

당황스럽고 왜 나한테라는 생각도 들었지만 가만히 있으면 안됐다. 다행인 것은 난 그동안 저품질로 떠난 블로거들을 보면서 저품질 탈출하는 법을 검색해서 많은 공부를 해왔었다. 했다는 모든 방법들을 거의 다 숙지해뒀기 때문에 바로 실행에 옮겼다. 다만 내가 실천했던 방법일 뿐 정확하게 규정된 규칙은 아니기 때문에 오해는 없길 바란다.

첫 번째, 글을 쓴 후 내 글이 어디쯤 검색되는지 검색하라.
조회 수가 떨어졌을 때 문제가 생겼다고 느끼면 이미 늦은 것이다.

내가 글을 쓰고 나서 검색페이지의 어느 정도에 위치하고 있는지를 알아야 한다. 나도 이전에 썼던 글들이 그대로 검색이 되고 있었기 때문에 조회 수는 일주일동안 그대로 유지되었다.

두 번째, 문제가 된 날부터 이전 일주일 동안의 글은 삭제하라.

난 문제가 단 한 번의 글로 발생한다고 생각하지 않는다. 차곡차곡 문제가 조금씩 쌓이면서 폭발한 것이다. 일주일 동안 내가 노력한 시간과 힘이 아까울 것이다. 그래도 과감하게 삭제하라. 다시 공들여 남들도 대단하다 느끼게 다시 쓴다고 생각하면 된다.

세 번째, 최근 한 달 동안 조회 수 40%가 넘었던 포스팅을 삭제하라.

블로그 – 통계 – 검색유입 분석을 순서대로 클릭하면 일별로 검색이 들어왔던 검색어와 유입률을 볼 수 있다. 평소에는 이 포스트가 검색이 되지 않았는데 갑자기 검색유입률이 40%가 넘었다면 과감하게 삭제하라. 비록 의도하진 않았지만 실시간 검색어로 블로그 조회 수를 높이기 위해 조작한 걸로 간주될 수도 있다. 이를 알기 위해서 검색순위와 마찬가지로 매일같이 검색유입 분석하는 습관을 가져야 한다. 아침 8시마다 업데이트되기 때문에 오전에 확인하는 것이 가장 좋다.

네 번째, 매일 키워드, 링크 등을 빼고 일상의 대화를 하라.

　제품에 대한 리뷰를 쓰더라도 평소와 다른 일기처럼 대화하듯 써야한다. 카테고리도 일상·생활로 바꾸는 것이 좋다. 검색이 잘되게 하기 위해서 반복적인 키워드를 포스트에 집어넣는 사람들이 있다. 그것은 저품질로 가는 지름길이다. 의도적인 키워드 삽입을 빼고, 평소보다 더 많은 일상에 대한 글을 쓰면서 인고의 세월을 버텨야 한다.

　그렇게 2주가 흘렀다. 그 사이 내 모든 글을 검색페이지 맨 마지막에 위치하고 있었다. 장시간의 싸움이 지속될 것이라고 생각한 순간 한줄기 빛처럼 예전만큼은 아니지만 그래도 남들이 검색했을 때 볼 수 있는 앞줄에 위치하기 시작했다. 드디어 벗어난 것이다.

　남들은 나에게 빨리 벗어났다고 한다. 어떤 이웃들은 내가 저품질에 걸린지도 모를 정도이다. 그렇지만 그 짧다면 짧은 2주가 나에게는 지옥이었다. 그만할까를 몇 수십 번 생각하게 하고 짜증도 나게 했었던 시간이었다.

　이제는 다시는 안 걸리리라 다짐을 하면서 포스트를 쓸 때 신중의 신중을 더해 하나의 글에 몇 시간씩 공을 들인다. '포스트가 이보다 더 충실할 수 없다.'라는 자부심마저 느끼고 있다. 앞으로 몇 번의 시련을 겪을지 모르지만 성장통을 겪은 '제이영의 별빛더하기'는 잘 헤쳐 나갈 것이라 혼자 다짐을 한다.

포스팅에 신뢰감을 입히자

얼마 전 한 업체의 간담회를 다녀온 적이 있다. 그 중 가장 열띤 토론을 이끌었던 주제가 나왔다. "블로그 포스팅 아래 있는 공정위 문구를 보면 어떤 생각이 드는가."이다.

블로거와 소비자가 5:5로 이루어진 조용했던 간담회 자리는 그 질문 덕분에 열띤 토론의 장이 되었다. 소비자 입장에서 볼 때 그 문구를 보면 "경제적 대가가 있으니까 무조건 좋다고 했을 거야. 신뢰가 가지 않는다."라는 말을 던졌다. 대부분의 소비자들은 그 말에 공감을 하면서 블로거를 100% 신뢰하지 않는다는 말까지 이어졌다.

그런 반응에 억울한 듯한 나머지 블로거들은 반박하는 주장을 내놨다. 공정위 문구라는 게 생기고 더 많은 주의할 점과 단점을 꼭 언급해놓는다는 말이었다. 그런데 사람들은 글은 읽지 않고 사진만 훑어본 후 마지막 공정위 문구만을 본다는 것이다.

나도 덧글을 보다보면 황당할 때가 있다. 예를 들어, 분명 지성피부는 좋지 않다고 언급해놓은 문장이 있는데 "지성피부가 썼더니 좋지 않은데 추천하셨네요."라는 덧글이 달릴 때가 있다.

그런데 이게 꼭 글을 읽는 사람만의 문제일까? 긴 글의 기사가 나오면 그 글을 모두 정독하는 독자들이 얼마나 있을까? 그래서 내가

미샤 시그너처 비비케익의 손등 및 얼굴피부 테스트 사진
카메라의 플래쉬 ON/OFF 촬영으로도 비교 분석해놓았다.

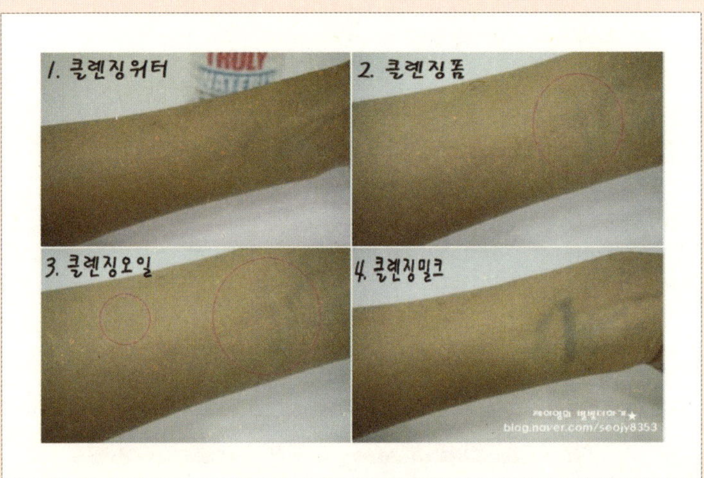

페이스인페이스 4가지 클렌징 제품
비교 분석 사진

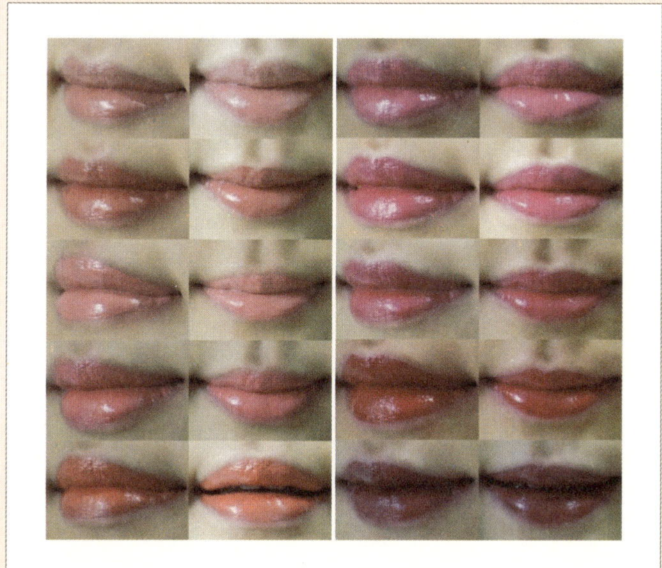

'에뛰드하우스' 립스틱 10종 발색샷

생각해놓은 방법은 더 많은 테스트의 사진을 올려놓는 것이었다. 그러면서 신뢰감을 입히는 것이다.

첫 번째, 상품 리뷰는 겉이 아닌 내용물에 집중하자.

상품 리뷰를 할 때 제품의 겉포장 사진 비율을 50%정도 올리는 블로거가 있다. 겉포장은 꼭 강조해야 되는 부분이 아니면 많이 찍어서 올릴 필요가 없다. 내용에 충실하자. 기초 화장품의 경우는 발림성, 흡수력 등의 테스트를 위해 손등과 얼굴 모두를 이용하자. 손등에 테스트를 하는 이유는 얼굴보다 더 디테일한 사진을 보여줄 수 있기 때문이며 얼굴은 실질적으로 바르는 곳인데 부작용이나 감촉 등에 대한 확실히 느낀 점을 알 수 있기 때문이다. 리뷰 전 이틀 이상 사용은 필수이다.

두 번째, 남들보다 조금 더 고생하자.

스타뷰티쇼 시즌4 활동 시, 페이스인페이스라는 브랜드의 클렌징오일, 클렌징워터, 클렌징폼, 클렌징폼 4가지 종류의 클렌징 제품을 받은 적이 있다. 한 가지만 선택해서 후기를 올리면 됐었는데 갑자기 욕심이 나기 시작했다. 4가지 종류를 써보기 했지만 어떠한 효과의 차이가 있을 시 같은 브랜드라면 어떤 방식을 선택하라고 추천해줄 수 있는지를 알고 싶었다. 그래서 이틀에 걸쳐 4종류의 클렌징 방법을 테스트하고 사용한 후 후기를 썼다. 글을 쓴 지 6개월이 지나 검색순위에서도 뒤로 밀려 찾을 수가 없는데도 불구하고 나처럼 비교가 궁금했던 사람들이 많이 있었는지 지금도 꾸준한 조회 수를 기록하고 있는 포스팅 중 하나이다.

그리고 앞서 해당 기업 홈페이지에 당당히 베스트 리뷰어로 글을 올리게 해준 에뛰드하우스의 디어마이위시립스톡 후기가 가장 기억에 남는다. 10가지 립스틱의 발색과 발림성을 알아보기 위해서 입술이 퉁퉁 부르틀 때까지 사진을 찍고 기록했었다. 하면서도 '내가 미쳤지.' 했지만 진정한 뷰티블로거라는 느낌이 들어서 은근 신이 났었다. 그렇게 열심히 한 결과 홈페이지에도 소개를 해주었고 내 블로그와 연동이 되어 꾸준히 블로그 유입으로 이어지고 있다. 남들보다 조금 더 고생하자. 고생한 흔적은 남들이 먼저 알아봐준다.

'블로거지' No!
난 당당한 블로거다

'블로거지'라는 신조어를 들어봤을 것이다. '블로거지' 또는 '파워블로거지'란 블로거와 거지의 합성어로 주로 소매점을 찾아가 자신의 블로그에 글을 잘 올려줄 테니 혜택을 달라고 요구한다는데 생긴 신조어이다.

블로거지라는 주제의 뉴스를 볼 때마다 화가 난다. 자세히 기사를 읽어보면 하루 방문자가 1000명에서 3000명 정도 되는 블로그를 운영하면서, 자기 스스로가 파워블로그라는 이름을 갖다 붙여 특권을 가진 것처럼 말도 되지 않는 요구들을 하는 것이다. 이러한 블로거들은 받은 혜택의 여부에 따라서 극찬을 하거나 심한 비방을 하는 양극화된 글을 주로 쓴다.

올 초에 발생한 대형마트 직원의 실수를 자신의 블로그에 올려 해당직원을 결국 직장에서 나가게 한 블로거도 일일 방문자가 1000명이며, 대형마트 측에서도 바로 실수를 인정하고 보상을 했는데도 악의적인 글을 올렸다고 한다. 자신의 분풀이를 위해서 10년간 다닌 직장에서 나오게 한 것이다.

오히려 신뢰감을 바탕으로 하는 글을 쓰며, 남들에게 파워블로거라고 인정을 받는 블로거들 중에는 이런 블로거지를 찾기 힘들다. 그들은 블로그가 자기의 얼굴과 양심이라고 생각하기 때문이다.

나 또한 블로그는 내 얼굴이자 나를 알리는 명함이라고 생각한다. 혜택을 위해서 내가 사용해보지도 않은 제품을 극찬하지도 않으며 문제가 있는 제품을 미화시키지도 않는다.

어차피 제품을 무료로 받거나 원고료를 받고 쓰는 글인데 객관적으로 쓸 수 있냐는 질문을 받을 수 있다. 나도 블로거이기 이전에 소비자의 입장이다. 제품을 사용하다보면 정말 좋아서 쓰는 제품과 좋지 않은 제품은 글의 질적 차이와 함께 언급하는 부분이 많이 다르다.

단점이 있을 때는 꼭 그 부분에 대해 언급을 해준다. 어떤 제품은 오히려 내가 썼을 때 단점이 없다고 생각하는데, 주관적이라고 할까 봐 나와 다른 피부타입의 리뷰를 참고해서 글을 쓴다. 기업들도 제품에 대한 확신 없이 무조건 팔기 위해 포스팅을 요구하는 경우는 점점 사라지고 있다. 기업도 블로그도 신뢰와 양심을 바탕으로 행동하는 게 오래가는 비법이다.

나는 제품 후기 요청을 받기 전부터
몇 가지 선정 기준이 생겼다.
첫째, 사용감과 단점 등을 내가 솔직히 쓸 수 있는 곳인가.
둘째, 믿을 만한 테스트를 거치고
정식으로 시중에 나온 제품인가.

셋째, 지나친 상업적 광고를 요구하는 후기인가.

내가 처음 후기 요청을 받고 쓰는 답장은 단점을 쓸 수 있는지 여부와 홍보성을 강조한 문구들이 있는지 여부를 묻는 글이다. 단점도 솔직히 쓴다고 하면 답장이 오지 않거나 거절하는 내용의 답장이 오는 브랜드가 있었다. 그런 브랜드의 리뷰는 경제적 대가가 있더라도 하지 않는다.

어느 순간부터 후기를 쓰는 것만으로도 홍보가 될 수 있기 때문에 사전에 신중하게 선택을 해야 됐다. 후기를 하겠다고 받았다가 너무 제품이 안 좋아서 돌려보낸 적이 있거나 단점을 그대로 노출시킨 적도 있다.

그런데 요즘은 블로그 마케팅에 대한 선입견을 가지는 사람들과 기사들이 늘어나서인지 작년과 올해의 화장품 브랜드들의 홍보마인드와 트렌드가 바뀌었다. 솔직히 쓰고 얘기해달라는 곳이 많아졌기 때문이다. 단점이 있으면 그대로 내보내라는 말에 오히려 내가 조심하게 되는 경우도 있다. 그만큼 자기 브랜드에 대한 자부심이 높아졌고, 블로그 마케팅에 대한 접근 인식이 달라진 것이다. 무조건 찬양하는 글을 좋지 않음을 안 것이다. 오히려 소규모거나 잘 알려지지 않은 브랜드일수록 제품에 대한 자부심이 더 높았다. 단점을 쓰고 솔직한 리뷰를 지향했던 것이 맞았던 것이다.

지금도 내 블로그 첫 화면에는 "단점을 쓸 수 없는 리뷰는 사양합니다."라고 적혀있다. 나만의 트레이드마크가 되었고, 이런 점이 많은 사람들에게 믿음을 줄 수 있는 포인트가 되었다.

남들은 제품도 공짜로 받으면서 돈까지 받는다고 나쁘게 보거나 불로소득처럼 보기도 한다. 그렇게 보는 시선으로부터 악플에 시달리는 블로거들도 있다. 회사에서 일을 하고 월급으로 보상을 받는 것처럼 제품을 여러 각도로 사진도 찍고 피부에 트러블이 생길 정도로 여러 제품을 발랐다 지웠다를 반복하면서 더 좋은 정보를 보여주기 위해서 많은 노력과 시간을 들인다.

블로그를 시작하고부터는 연속으로 5시간 이상을 자본 적이 거의 없다. 시도 때도 없이 오는 문의에 실시간으로 답하며, 어떤 제품이 요즘 인기가 있는지도 알아봐야 되고, 이웃과의 교류와 함께 내가 올린 글에 대한 반응도 살피고 더 좋은 콘텐츠를 보여주기 위해서 공부해야 한다.

나만 이렇게 노력하는 게 아닐 것이다. 대다수의 블로거들도 노력한 만큼 당당하게 대가를 요구할 것이라 믿는다. 그리고 그런 블로거들이 많았으면 하는 바람이다.

블로그를 시작하는 분들에게 꼭 하고 싶은 말이 있다. 공짜라는 달콤한 유혹에 빠져서 블로거지가 되지 않았으면 좋겠다. 블로거지가 아닌 자신의 노력에 대한 보상을 당당하게 요구할 수 있는 신뢰감이 있는 블로거가 된다면 블로거지라 불리는 사람들보다 더 많은 혜택을 받을 것이다.

'자기 스스로 자신에게 부끄럽지 않은 사람이 되자.'

'누구나'가 아닌 '나'라서
가능한 꿈을 꾸자

지금도 그렇지만 처음에 블로그를 시작할 때, 메인화면에 파워블로그 엠블럼을 가진 블로그를 보면 마냥 부러웠다. '파워블로거가 될거야!' 정말 막연한 꿈을 가지고 블로그를 시작했다. 그런데 블로그를 알면 알수록 파워블로그 마크가 전부가 아니라는 것을 알게 되었다.

난 파워블로거라는 마크가 없어도 지금의 내 블로그를 너무 사랑한다. 다만 조금 더 발전하고 싶고 인정받고 싶은 마음만 있을 뿐이다.

누구나 꿈꾸는 파워블로거가 아닌, 뷰티 전문 블로거가 되고 싶다.

내가 꿈꾸는 블로거는 글을 쓰는 작가이자 사진을 찍는 사진작가, 정보를 전달하는 기자 그리고 모델이다.

처음 블로그를 시작할 때는 파워블로그로 선정된 같은 분야의 블로그 몇 개만을 참고했다. 그런데 이제는 파워블로그 외에도 글을 잘 쓴다고 생각하는 몇 개의 뷰티 블로그를 추가해서 참고하고 있다.

내가 참고하고 있는 뷰티 블로그는 사진작가 같고, 컴퓨터디자인 전공자 같기도 하다. 어떨 땐 작가인가라고 의심한다. 내 블로그의 글

'더 히스토리 오브 후' 애드버토리얼(advertorial) 촬영 현장

들과 비교하면 한없이 작아짐을 느낄 때도 있지만 신선한 자극이 되기도 한다. 똑같이 따라했다고 생각했는데 결과물을 보고나면 뭔가 다르고 허접하다. 그래서 포토샵도 배우고, 사진 찍는 법도 배우고 있다. 조금이라도 그들과의 차이를 줄여나가고 싶어서다.

그리고 화장품 브랜드의 품평회, 애드버토리얼advertorial 촬영 등 다양한 활동으로 내가 뷰티 전문 블로거임을 알리고 있다. 단순한 화장품과 메이크업 후기만을 보여주는 블로거가 아닌 블로그로 새로운 삶을 살 수 있다는 것을 보여주고 싶기 때문이다.

멀지 않은 미래에 내가 그랬던 것처럼 새롭게 시작하는 블로거들이 내 글을 참고하고 따라하며 꿈을 꿨으면 좋겠다. 그것이 바로 내가 블로그로 꾸는 꿈이다. 앞으로 더 많은 노력을 해야겠지만 꼭 이룰 것이다.

믿고 보는 '뷰티블로거 제이영'의 뷰티 리뷰!

블로그와 함께 오늘도 나는 꿈을 꾼다.

김수진

홈쇼핑
파워블로거

새로운 트렌드가 되다

"올해 한 일 중에 가장 잘한 일이 뭐야?"
그럼 나는 당당히 대답한다.
"블로그"

홈쇼핑 베스트 상품평에서
블로거가 되다

나의 몇 년간 일상을 보면 똑같은 패턴의 반복이었다. 그런 나의 인생을 정말 재미있게 바꾸어준 것이 바로 블.로.그.

나는 블로그를 개설하기 이전 4년간 명동에서 화장품 내레이터 아르바이트를 했다. 화장품판매도 재미있었고 메이크업 하는 걸 좋아했다. 이런 나의 모습을 보며 사람들은 "블로그를 해봐" 라는 이야기를 많이 했지만 귀찮아서 못한다며 블로그는 먼 나라 이야기인줄만 알았다.

명동의 화장품 매장에서 일하면서 많은 화장품들을 접하며 어린나이에 돈을 벌기 시작하면서 홈쇼핑에 빠르게 빠져들게 되었다.

· 22살. 처음으로 홈쇼핑에서 물건을 구매했다. 이후 나는 홈쇼핑 마니아가 되었고 쇼호스트라는 꿈까지 생기게 되었다. 오프라인에서 물건을 판매하는 내가 홈쇼핑이라는 공간에서는 또 물건을 구매를 하는 재미있는 현상. 그렇게 홈쇼핑을 자주 보며 물건을 계속 구매하던 어느 날, 정성스레 쓴 마스카라 상품평이 베스트 상품평에 올랐다.

"어라? 사람들이 많이 보네." 베스트 상품평이 된 것만으로도 기뻤다. 적립금 몇 백 원 쌓이는 것도 좋았지만 베스트 상품평

에 오르면 많은 사람들이 내가 쓴 후기를 보고, 구매 여부를 결
정짓기도 하고, 공감도 눌러주고 신기했다.
쇼호스트가 꿈인 나. 내가 방송을 하지 않아도 내 상품평을 보
고 사람들이 이 제품을 살까말까 고민을 하는구나 생각하니 순
간 설레졌다.

　사람들은 홈쇼핑 방송을 보며 쇼호스트를 못 믿는 것도 아니지만
방송만 보고 물건을 사는 게 아니었다. 나도 방송을 보며 충동적으로
물건을 사기보다는 상품평도 일일이 다 검색해 보고, 포털사이트에서
그 물건 후기를 검색해 보기도 했다. 그리고 번뜩 생각이 들었다.
　"아, 상품평만 남기지 말고, 나도 블로그에 후기를 남겨보자."
　블로그에 후기를 쓰면 사진도 더 많이 올릴 수 있고, 내용도 더 많
이 쓸 수 있겠지. 홈쇼핑사이트나 어플에 상품 후기를 남기는 건 사진
도 첨부가 많이 안 되고 제약이 많았다. 그런데 내 블로그 안에선 사
진도 많이 첨부할 수 있고 그 제품에 대한 내 생각을 훨씬 더 자유롭
게 올릴 수 있었다.
　이렇게 해서 탄생된 내 블로그. 처음에는 상품평을 옮긴 블로그였
다. 상품평처럼 블로그에 제품 후기를 남기고, 이후 홈쇼핑 방송을
보며 재밌어서 캡처해 둔 사진들이 아깝다는 생각이 들었다. 그래서
"홈쇼핑 방송리뷰"를 올리기 시작했다. 방송을 보며 재밌던 순간들,

특이했던 순간들, 사고 싶은 제품의 자세한 스펙들, 좋아하는 쇼호스트의 모습 등을 모아둔 사진이 몇 천 장이었는데 이걸 블로그에 올리기 시작했다. 이렇게 홈쇼핑 제품리뷰, 방송리뷰 그리고 홈쇼핑에 대한 나의 생각과 기사를 스크랩해서 올리며 홈쇼핑 전문 블로그로 자리를 잡게 되었다.

홈쇼핑 시청자에서 홈쇼핑 베스트 상품평에 오르고, 그리고 베스트 상품평에서 블로그 개설. 홈쇼핑 물건을 구매한 지는 5년 정도 되었지만, 블로그를 시작한 후 홈쇼핑에 대한 열의가 더 커졌다.

그런데 홈쇼핑에 대한 내용만 올리기엔 부족하다는 생각이 들었다. 평소에 관심 있던 게 바로 뷰티. 화장품 오프라인매장에서 일했던 경험을 살려 뷰티 리뷰와 홈쇼핑에 대한 글을 쓰기 시작했는데, 신기하게도 내가 홈쇼핑 방송 후기나 제품 후기를 남기는 내용을 보면 거의 홈쇼핑 이미용방송에 대한 글이었다. 이렇게 해서 뷰티와 홈쇼핑 그리고 홈쇼핑 뷰티에 대한 블로그가 되었다.

사람들이 왜 콩슈니냐고 많이 묻는다. 학교 다닐 때 분홍색 옷을 입고 간 적이 있다. 근데 친구들이 "엇? 너 둘리 여자 친구 분홍공룡 닮았다."라고 했다. 그 둘리 여자 친구가 공실이다. 콩순이다. 말이 많았는데 그 뒤로 친구들이 콩순이라고 부르고, 친한 친구들은 애교로 "콩슈나~" 라고 불렀다. 사실 블로그 처음 닉네임은 내 이름을 딴 "쑤"였는데, 쑤라는 닉네임이 너무 많아 임팩트 있는 닉네임이 필요

Beauty | Cosmetic | Fashion ✳ 콩슈니의 뷰티 & 홈쇼핑
prologue | blog
map | library | apps | tag | guest
콩슈니 (sujinkongjoo)
★ *뷰티,홈쇼핑 블로그* ★
방송준비생,쇼호스트 지망생 김수진의 일상. 예뻐지고 싶은 20대중반 평범한콩슈니 입니다♡
프로필 ▸ 쪽지 ▸ 이웃추가 ▸
PM 11:55
TODAY 5,680   TOTAL 1,023,287
4,783   6,076   4,832   5,246   5,680
9   10   11   12   13
[천연화장품/천연... [14]
2014.12.13
[홈쇼핑 아이크림]... [24]
2014.12.12
[조성아22 블러셔... [19]
2014.12.12
[강남메이크업/연... [16]
2014.12.11
Hair Designer "LOUIS" Styling
LALAVESI
AKMA CREAM
ORGANIC
[청담미용실 추천]... [10]
2014.12.10
[코엑스 몰 MCM]... [5]
2014.12.09
[컨실러 키트/컨실... [11]
2014.12.09
[겨울수분크림추천... [8]
2014.12.08
ATONO
[역삼 네일아트/강... [13]
2014.12.07
[아기로션추천/아... [3]
2014.12.07
[학동 경락마사지/... [12]
2014.12.07
[코스모폴리탄 뷰... [6]
2014.12.06

콩슈니 블로그

했다. 그래서 "콩슈니"라는 닉네임을 쓰게 됐다.

　나는 뷰티블로그, 홈쇼핑 블로그. 두 마리 토끼를 다 잡고 싶었다. 그래서 블로그 이름을 짓는데도 많은 고민을 했다. 화장품리뷰가 많으니 뷰티? 홈쇼핑 내용이 많으니 홈쇼핑? 홈쇼핑 이미용 상품이 많으니 홈쇼핑뷰티? 뭐로 할까……

　고민에 고민. 블로그 이름을 여러 번 바꾸고 바꾸며 탄생한 이름.

　* 콩슈니의 뷰티&홈쇼핑 *

　이렇게 * 콩슈니의 뷰티&홈쇼핑 *은 시작되었다.

운명처럼
스타뷰티쇼를 만나다

블로그를 시작하고 초기에는 방문자 수가 오르지 않았다. 많이 들어 오면 하루에 100명. 상품 리뷰를 올리고 싶은데 올릴 게 별로 없던 어느 날. 인터넷에서 본 문구하나

"스타뷰티쇼 시즌4 뷰티스트를 뽑습니다. 블로그 하는 분이면 더 좋아요."

그리고 거기에 눈에 띄는 말.

"매 회 출연료 및 화장품 증정"

앗! 저거다. "저기서 받은 화장품으로 포스팅 하면 되겠다."라는 생각이 들었고 바로 지원했다.

며칠 뒤 상암 SBS 프리즘타워에서 면접을 봤다. 스타뷰티쇼 시즌 2엔 뷰티스트 경쟁률이 640:1 이었다고 한다. 높은 경쟁률을 들으니 더 하고 싶었고 간절해졌다. 면접에선 뷰티에 대한 많은 이야기를 나눴다. 블로그에 대한 이야기, 화장품 어떤 걸 쓰는지, 피부타입이 어떤지 등 대화를 나누고, 사진을 찍고 면접이 끝났다.

이후 며칠 뒤 뷰티스트 4기 합격 통보!! 정말 기뻤다. 처음으로 케이블 고정프로그램 출연. 그때만 해도 스타뷰티쇼로 인해 내

일상이 이렇게 180도 바뀌게 될 줄은 상상도 못했다.

2014년 3월 1일 뷰티스트 4기 발대식으로 뷰티스트 활동은 시작되었고, 발대식 이후 내 블로그는 탄력을 받기 시작했다. 포스팅 거리가 정말 많았다. 발대식에서 받은 선물들.. 매주 녹화 때마다 받는 선물. 한회에 선물 한 개가 아니라 한 브랜드 당 여러 개의 제품이 있었다. 그렇게 매주 화장품 포스팅을 할 수 있었고, 점점 블로그에는 영양가 있는 포스팅이 올라가기 시작했다. 갈 길을 못 잡았던 나의 블로그. 스타뷰티쇼를 만나면서 단기간에 크게 성장할 수 있었다.

스타뷰티쇼를 하면서 내 블로그만 큰 게 아니다. 정말 좋은 동생들을 알게 되었고 유명한 제품도 만나게 되었다. 그리고 영광스러운 건 뷰티 계에서 유명한 뷰티컨설턴트 도윤범 이사님과 메이크업 아티스트 순수의 수경 원장님, 트렌드의 리더 서인영 언니 등 MC분들과의 촬영도 즐거웠고, 뷰티 노하우를 많이 익혀 뷰티에 대해 애정이 더욱 깊어졌다.

스타뷰티쇼 방송에선 뷰티스트의 리액션이 큰 비중을 차지한다. 쇼호스트가 되고 싶은 나에게 방송에 필요한 리액션을 배우고, 매회 녹화에 다른 컬러의 옷을 입고, 헤어스타일을 다르게 하며 화면에 나오는 나의 모습을 비교할 수도 있었다. 특히 리액션 촬영을 잊을 수 없다. 사실적인 리액션으로 매회 리액션이 화면에 잡혔는데 방송을 보

투데이 비교사진 - 3월 모습 / 10월 모습

그동안 스타뷰티쇼에서 받은 선물들

며 나의 리액션을 찾는 재미 또한 쏠쏠했다.

　스타뷰티쇼에 참여하면서 배운 다양한 경험들. 나에겐 정말 큰 재산이고 불과 몇 달 전인데 제일 돌아가고 싶은 순간이다.

　스타뷰티쇼 시즌4의 뷰티스트로 활동한 3개월. 올해 내가 한 일 중에 가장 기억에 남는 일이다. 스타뷰티쇼로 인한 나의 블로그의 성장. 고맙다 스타뷰티쇼!

홈쇼핑 뷰티 전문 블로그로
차별화하다

　요즘은 홈쇼핑이 단순히 물건만 파는 방송이 아니다. 각 홈쇼핑 별로 프로그램이 있다. 요즘은 홈쇼핑 마니아가 늘어났고, 고정 프로그램의 팬도 늘어나고 있다. 매주 무슨 요일 몇 시에 특정 홈쇼핑을 틀면 매주 같은 사람이 진행하는 홈쇼핑방송이 나온다. 꼭 물건을 구매하지 않아도 요즘 뷰티 트렌드나 패션 트렌드를 알 수 있고, 쇼호스트의 재치 있는 입담과 연예인 게스트 출연 등으로 일반 예능프로그램보다 더 재미있는 경우가 많다.

　특히 스타뷰티쇼를 하면서 뷰티 프로그램에 관심이 많아졌는데 GS홈쇼핑의 리얼뷰티쇼, CJ오쇼핑의 한쇼, 현대홈쇼핑의 뷰티톡 등 뷰티 프로그램은 꼭 찾아 시청했다. 사람들이 좋아하는 예능프로그램을 보듯 나는 홈쇼핑 프로그램에 빠지게 되었다.

　홈쇼핑 뷰티프로그램을 보다보면 현재의 뷰티트렌드를 알 수 있다. 그리고 올 해 유행하는 뷰티제품을 제일 먼저 알 수 있는 곳도 홈쇼핑이다. 정말 발 빠른 곳이다.

　실제로 2012년 진동파운데이션이 유행하여 각 홈쇼핑사마다 진동파운데이션을 판매했고, 2013년에는 쿠션파운데이션이 유행. 2014년엔 모델링팩과 비타민앰플, 젤 네일 등 그 해마다 유행하는 제품들이 있다.

바뀌어가는 트렌드를 보면서 "이번 시즌에는 어떤 신제품이 나올까?" 기대하며 홈쇼핑을 보는 재미도 쏠쏠하다.

　이렇게 유행을 타서 그런지 홈쇼핑을 보다보면 같은 제품을 동시간대 여러 곳에서 방송할 때가 있다. 이곳에서 썬 스프레이를 방송 하는데 저곳에서도 썬 스프레이가 동시 방송 중. 그럼 가격과 구성을 비교해보았고 다 캡처를 해두었다. 그 사진들로 비교 포스팅을 했다. 내가 홈쇼핑 직원이 아니라 어디가 매출이 더 잘나왔는지는 알 수 없지만 비교해가면서 보는 것 또한 운동경기를 보는 것처럼 재미있다.

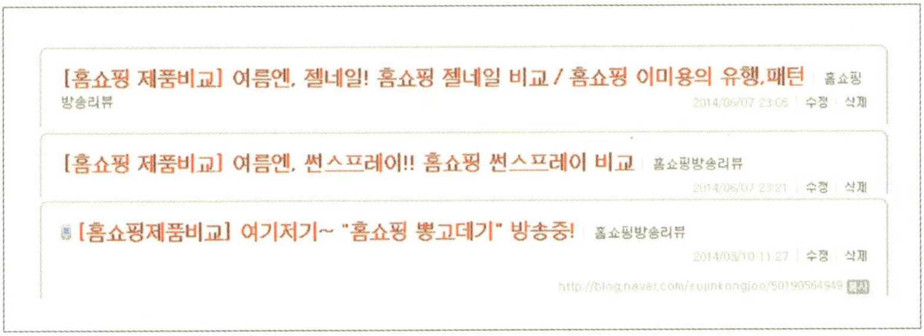

[홈쇼핑 제품비교] 여름엔, 젤네일! 홈쇼핑 젤네일 비교 / 홈쇼핑 이미용의 유행,패턴 　홈쇼핑방송리뷰
2014/06/07 23:06 ｜ 수정 ｜ 삭제

[홈쇼핑 제품비교] 여름엔, 썬스프레이!! 홈쇼핑 썬스프레이 비교 　홈쇼핑방송리뷰
2014/06/07 23:21 ｜ 수정 ｜ 삭제

[홈쇼핑제품비교] 여기저기~ "홈쇼핑 뽕고데기" 방송중! 　홈쇼핑방송리뷰
2014/03/10 11:27 ｜ 수정 ｜ 삭제
http://blog.naver.com/sujinkongjoo/50190564949

홈쇼핑 제품비교 포스팅

　내 블로그 이름처럼 홈쇼핑에 대한 내용을 많이 올렸다. 그리고 내

- 홈쇼핑방송리뷰
  - GS SHOP
  - CJ O쇼핑
  - 현대홈쇼핑
  - 롯데홈쇼핑
  - NS홈쇼핑
  - 홈앤쇼핑
- 홈쇼핑제품리뷰
  - 홈쇼핑 이미용
  - 패션/잡화
- 도전!쇼호스트되기
- about 홈쇼핑
- 쇼핑호스트/쇼호스트

홈쇼핑 이미용

- [TS 탈모방지샴푸] TS샴푸(티에스샴푸) 일주일사용후기. 탈모스탑샴푸!스탑스탑~~ (8)
- [현대홈쇼핑] AHC 리얼아이크림포페이스 사용후기/방청후기 (3)
- 여행용키트! 이거하나들고가면끝! 쇼미더트렌드 사은품 (1)
- 홈쇼핑 에그팩. 스웨덴빅토리아에그팩 후기. 휴가철피부관리♡ (3)
- GS SHOP 리얼뷰티쇼 -라벨르 워터필링기 솔직후기 (저 오늘 패널나가요^^) (6)
- GS홈쇼핑 수경원장의 에블리 아가탐프크림 후기 (6)
- [홈쇼핑제품리뷰] GS홈쇼핑 Lasante 라쌍떼 겔마스크 (내일리얼뷰티쇼방송상품) (1)
- [홈쇼핑제품리뷰] GS홈쇼핑 비타끄렘므B12크림
- [바디스크럽] 오리엔탈 플루 바디스크럽 (3)
- 조성아22 바운스업팩트2
- 현대홈쇼핑 셀더마 마스크팩 리뷰 (2)
- (현대홈쇼핑제품리뷰) 셀더마 하이드로겔 마스크팩 패키지
- 홈앤쇼핑 - 남성스킨로션 보넌 (1)
- 라벨르 초음파워터필링기
- 이경민 터치바이파운데이션
- 자연스런 눈썹을위해!!~~~~~! 조성아22 동공미인 브로우메이커!
- [GS홈쇼핑제품리뷰] 머릿결이 좋아지는! 순수 더 살롱 트리트먼트

홈쇼핑 뷰티 제품 후기 목록

가 블로그를 시작할 때엔 홈쇼핑에 관련해서 제품리뷰나 방송 후기를 올리는 블로그가 거의 없었다. 그래서 홈쇼핑에 대해 궁금한 사람들이 많이 찾아주었고 나도 더 많은 정보를 모으게 되었다. 이렇게 홈쇼핑을 보면서 느낀 점들을 내 블로그에 칼럼 식으로 적기 시작했고, 포스팅을 올리다보니 홈쇼핑 블로그로 자리 잡게 되었다.

홈쇼핑 관련 글 들을 올리다보니 내가 뷰티방송을 제일 많이 보는 게 느껴졌다. 반 이상이 뷰티방송과 관련된 글들……

방송만 보는 게 아니다. 내가 그 방송을 보며 사게 된다. 그럼 방송 리뷰 포스팅을 올리고, 제품 사용 후기, 제품 몇 달 사용 후기 등을 올리게 되는데, 홈쇼핑을 보면서 내 블로그에 동시에 댓글을 달며 제품을 문의하는 사람들이 늘어나고 있다.

내 포스팅을 보고 제품을 구매하는 사람들이 늘면서 보람을 느꼈다. 실제로 나 때문에 샀다고 댓글을 단 사람들을 보면서 "빨리 쇼호스트가 되고 싶다."는 꿈도 더 다지게 되었다. 이렇게 내 블로그는 홈쇼핑 뷰티전문 블로그로 차별화를 두기 시작했다.

스타뷰티쇼
포스팅 노하우

스타뷰티쇼 시즌4는 나에게 굴러들어온 복!

스타뷰티쇼 시즌4 기간에는 내 블로그에 한 달에 글이 90개 이상 올라올 때도 있고 올릴 거리가 많았다. 우선 녹화를 하고난 후 녹화현장 후기, 방송 예고, 녹화선물 후기, 방송 후기 등을 올리는데 올리는 시기 또한 잘 맞춰서 올려야 한다.

스타뷰티쇼에는 걸 그룹 빅매치라는 코너가 있다. 그래서 녹화현장 후기를 올리면 걸 그룹 팬들도 블로그에 찾아와 댓글을 달고 유입이 잘되었다. 걸 그룹 빅매치 왕중왕전에서 전에 만났던 걸 그룹을 또 만나면 블로그 포스팅을 봤다고 하니 연예인들도 내 블로그에 들어오는구나 하고 신기하게 느껴졌다.

내 녹화현장 후기는 사진이 많다. 평소에 사진을 많이 찍는 습관이 있는데 뷰티스트들과 찍은 사진, MC와 찍은 사진, 게스트와 찍은 사진, STAFF와 찍은 사진, 현장사진 등 다 올렸다. 녹화에 참여하지 못한 사람들은 내 후기를 보고 현장에 있는 것 같다는 느낌을 받았다고 말했고, 한참 뒤 녹화 후기를 다시 보며 그때의 느낌을 다시 느끼곤 한다.

사진을 너무 많이 올리는 게 아닌가 하고 눈치가 보이기도 했는데,

화요일 밤엔~! 서인영의 스타뷰티쇼!
스타뷰티쇼 SEASON4 : STAR BEAUTY SHOW SEASON 4
SBS PLUS . 매주 화요일 PM 8:50
SBS fun E . 매주 화요일 PM 11:00
본.방.사.수 . 해주세요^^

- 서인영의 스타뷰티쇼, 뷰티스트4기 김수진(콩슈니) -

STAR BEAUTY show 4
(SBS fun E) 서인영의 스타뷰티쇼
"뷰티스트4th 김수진"
* 콩슈니의 뷰티&홈쇼핑 *
http://blog.naver.com/sujinkongjoo

스타뷰티쇼 포스팅 모습

오히려 사진이 많아 많은 사람들의 호응을 얻은 것 같다. "언니 포스팅은 꼭 보러 와요."라고 하는 댓글이 생각난다. 포스팅을 하더라도 억지로 하는 게 아니라 즐겁게 올리면 보는 사람도 즐겁게 느껴진다.

　방송 예고와 방송 후기 포스팅은 영상이 올라오면 방송화면 사진과 함께 올렸는데 예고와 방송영상에서 내 모습을 찾는 재미도 있었다. 방송 후기는 방송을 다시보고 싶은 사람들이나 뷰티 Tip을 얻고 싶은 사람이 많이 본다. 예를 들어 클렌징 제품비교를 검색했을 때 스타뷰티쇼의 "미녀들의 라스트 클렌징"이라는 클렌징 제품 네 가지를 비교하는 방송이 있었다. 클렌징 비교하는걸 보고 싶은 사람들이 내 블로그에서 클렌징 비교테스트 다시보기 영상을 보고 사진을 보았다. 단순한 방송 예고와 다시보기가 아닌 방송에 나온 뷰티 비법을 알 수 있는 포스팅이다.

제일 중요한 녹화선물 후기 포스팅. 단순한 제품을 받아서 인증 샷을 올리는 게 아니라 실제로 써본 솔직한 소감을 쓰는 게 중요하다. 단점도 과감히 쓰고 솔직하게 쓰는 게 중요하다.

　방송에 나온 상품을 선물로 받을 때가 있는데 그럴 때는 방송에서 나온 장점을 덧붙여 쓰고 캡처 사진을 올리면 더 신뢰감을 얻는다. 그냥 일반인인 내가 사용한 것도 좋지만 스타뷰티쇼 라는 프로그램에 나오면 신뢰감이 더 커진다.

　스타뷰티쇼에 대한 포스팅은 스타뷰티쇼 시즌4 기간 나를 바쁘게 해주었지만 지금 다시 포스팅을 보면 추억이 새록새록 떠오르는 다이어리와도 같이 소중하게 느껴진다.

내 꿈은 쇼호스트,
내 블로그 안에선
나도 쇼호스트

내 블로그니까 이곳에선 내가 주인공이자 주인이다. 그래서 틀에 박힌 생각을 하지 않고 다양한 시도를 해보았다. 나는 쇼호스트 지망생이라 제품 포스팅을 할 때의 말투를 방송한다고 생각하고 했다. 홈쇼핑에서처럼 오프닝멘트, 클로징멘트를 하고 "내 포스팅을 보는 사람들도 고객이다." 생각하며 글을 썼다.

실제로 내가 쓴 포스팅을 보고 물건을 구매한 사람들도 여럿 있었다. 그럼 뿌듯했다. 쇼호스트가 프롬포터에 주문량 올라가는 거 보면서 기분이 좋아지고 매진되면 희열을 느낀다고 들었는데, 나는 내 포스팅에 댓글로 누가 그 물건을 샀다고 하면 내가 그 사람에게 도움을 준 것처럼 느껴져 기분이 좋아졌다.

물건 포스팅을 올릴 때만 그런 게 아니었다. 나의 또 다른 취미 "홈쇼핑 화면 캡처하기"를 활용했다. 홈쇼핑을 보다보면 너무 재밌는 순간이나 사고 싶은 물건의 구성을 스마트폰으로 캡처하기 시작했다. 그렇게 캡처한 사진이 몇 천 장이 있는데 혼자보기 아까워서 블로그에 올리기 시작했다.

사진을 올릴 때는 방송화면 캡처한 사진을 첨부하고, 그 방송을 다

방송 캡처 화면들 활용하기

시 생각하며 공부하고 쇼호스트의 멘트를 적었다. 그리고 더 살을 붙이기도 하고 혼자 블로그에 중얼중얼. 어느 순간 나는 직접 대본을 만들고 콩슈니 블로그 홈쇼핑을 진행하는 쇼호스트가 되었다. 그냥 공부하려고 올린 사진들. 하지만 이게 대박이 날줄이야⋯⋯.

홈쇼핑 방송을 놓친 분들이나 그 방송의 제품을 사고 싶은 분들이 검색을 하다가 내 블로그에 들어온 것이다. 내가 캡처해 둔 방송리뷰를 보며 제품 스펙을 익히기도 했다. 또 하나의 다시보기가 된 것이다. 실제로 홈쇼핑 방송리뷰 포스팅은 통계를 보면 블로그 유입 수가 높았다.

쇼호스트가 직접 댓글을 달아주기도 했다.
"제 사진 예쁘게 캡처해주셔서 감사해요."
"내가 이런 모습이었구나!"
"포스팅 감사합니다. 앞으로도 많이 시청해주세요." 등등.

언젠가 나의 선배님이 되실 분들의 코멘트가 감동이었다. 그냥 내가 방송화면을 캡처하고 가지고만 있었다면 쇼호스트들과 소통하지두 못했을 것이다. 아니 SNS에만 올려두 소통은 힘들었을 것 같다.

#을 누르고 태그 걸 수도 있지만 블로그로 인해 검색을 해서 들어오고, 한번에 많은 사진과 글을 쓸 수 있어서 더 메리트가 있었던 것

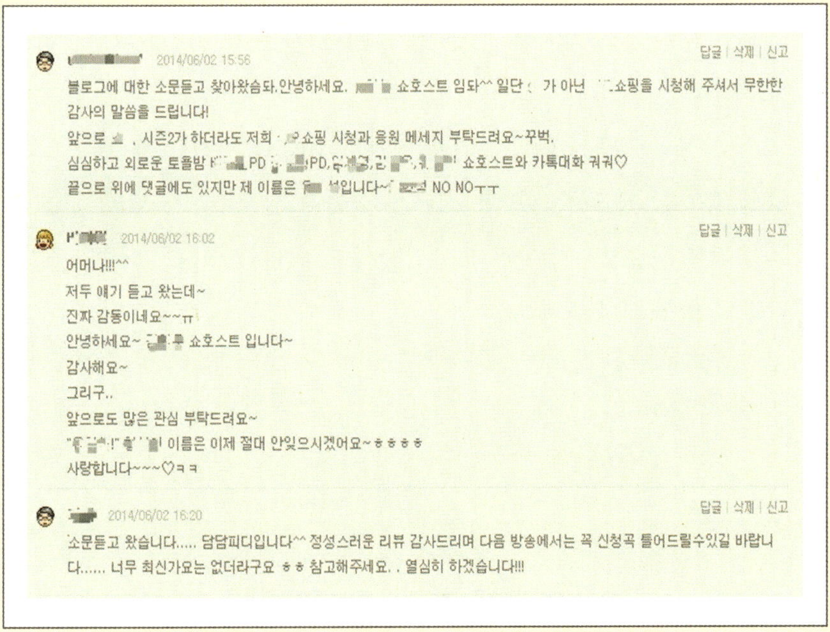

2014/06/02 15:56 답글 | 삭제 | 신고

블로그에 대한 소문듣고 찾아왔습돠.안녕하세요. 쇼호스트 임돠^^ 일단 가 아닌 쇼핑을 시청해 주셔서 무한한 감사의 말씀을 드립니다!

앞으로 , 시즌2가 하더라도 저희 쇼핑 시청과 응원 메세지 부탁드려요~꾸벅.

심심하고 외로운 토욜밤 PD PD, 쇼호스트와 카톡대화 궈궈♡

끝으로 위에 댓글에도 있지만 제 이름은 입니다~ NO NOㅜㅜ

2014/06/02 16:02 답글 | 삭제 | 신고

어머나!!!^^

저두 얘기 듣고 왔는데~

진짜 감동이네요~~ㅠ

안녕하세요~ 쇼호스트 입니다~

감사해요~

그리구..

앞으로도 많은 관심 부탁드려요~

"!" 이름은 이제 절대 안잊으시겠어요~ㅎㅎㅎㅎ

사랑합니다~~~♡ㅋㅋ

2014/06/02 16:20 답글 | 삭제 | 신고

소문듣고 왔습니다..... 담당피디입니다^^ 정성스러운 리뷰 감사드리며 다음 방송에서는 꼭 신청곡 틀어드릴수있길 바랍니다...... 너무 최신가요는 없더라구요 ㅎㅎ 참고해주세요. . 열심히 하겠습니다!!!

홈쇼핑 관계자 댓글

같다. SNS와 다르게 블로그는 사진 한장한장에 대해 글을 쓸 수 있는 장점이 있다.

콩슈니의 뷰티&홈쇼핑 안에서는 콩슈니가 주인이자 콩슈니 채널의 쇼호스트/쇼핑호스트이다. 날씨로 오프닝이나 클로징멘트를 하고, 일상생활 속에서 있었던 일을 이야기하고, 내 얘기를 하며 자연스럽게 제품을 포스팅을 한다. 지금은 콩슈니의 블로그가 쇼호스트가 되기 위한 연습장이자 자료 모음집일 수도 있다. 그리고 그렇게 꿈을 위해 한 발짝 나아가 본다.

망가짐을
두려워마라

요즘은 가식보다는 솔직함 친근함이 더 사랑받는다. 나 또한 예쁜 척 하는 사람보다는 자신의 단점을 과감히 드러내고 망가지는 사람에게 더 호감이 간다.

나는 여중여고를 나와서그런지 가식적이나 예쁜 척 하는 걸 잘 못한다. 그리고 쇼호스트들도 요즘은 과감히 민낯을 공개하고 보정속옷에서는 뱃살 튀어나온 걸 공개하는 시대이다. 처음에는 '어차피 내 블로그에는 사람이 많이 안 들어오니까 쌩얼 공개해봤자 몇 명이나 보겠어.'라는 생각으로 민낯을 당당히 올렸다.

그러다가 더 사실적으로 보여주고 싶었다. 그래서 클렌징제품 포스팅에서, "이 클렌징워터는 정말 1분 만에 메이크업을 다 지워줍니다."라는 제목으로 풀 메이크업상태에서 화장 솜에 클렌징워터를 묻혀 화장을 지우는 모습을 처음부터 끝까지 동영상으로 공개했다.

풀 메이크업에서 민낯이 되기까지엔 단 1분. 그런데 이런 생각이 들었다. "내가 망가진 게 아니라 이 제품이 돋보여야지"라는 생각.

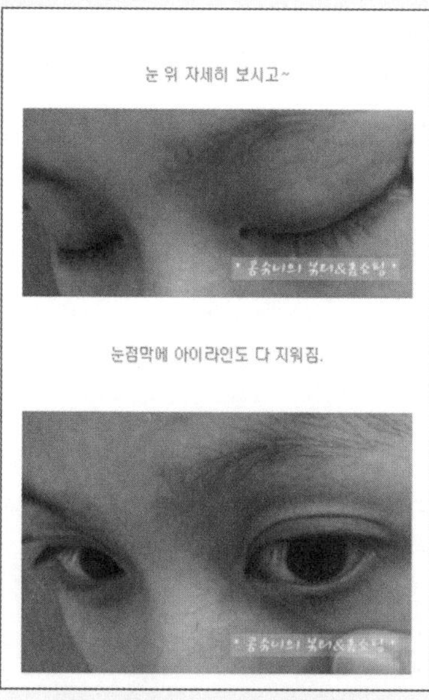

눈 화장 지우는 모습
클렌징워터 동영상 캡처

눈 화장을 지울 때는 눈 점막을 뒤집으며 점막 위의 아이라인, 마스카라까지 깨끗하게 지웠다. 이런 사실적인 모습에 제품호감도도 상승하고 이 제품을 구입했다는 사람도 생겨나니 내가 쇼호스트가 된 것처럼 뿌듯했다.

이렇게 친근하게 다가가기. 내 블로그에 오는 방문자들도 나의 고객이라고 생각한다. 콩슈니의 뷰티&홈쇼핑이라는 곳을 찾아준 고객. 그분들에게 친근하게 다가가고 나의 있는 모습그대로를 보여주려 한다.

뷰티블로거라고 피부가 매일 좋을 수는 없다. 나는 오히려 환절기에 피부가 급 예민해질 때가 있는데 얼마 전 피부트러블이 심하게 났다. 그때 여과 없이 피부 트러블 사진과 이럴 때 관리비법 사진을 올렸는데, 여러 곳에서 여드름치료를 해준다고 연락이 와서 고마웠다. 나와 같은 증상을 가진 사람들이 위로를 해주며 공감해주기도 했다. 그리고 뷰티블로거들의 피부가 이럴 때 어떻게 하라는 조언 등. 나만 글을 올리는 게 아니라 피부고민을 함께 나누니 다양한 정보가 모였다. 오히려 피부 트러블을 감춘 것보다 블로그에 공개를 해서 더 많은 정보를 얻을 수 있었던 것 같다.

뷰티블로거는 항상 풀메이크업의 모습만 보여주지 않는다. 실제로 제품 포스팅을 할 때에도 스킨케어, 색조제품, 클렌징 어떤 제품을 하더라도 Before, After의 모습을 보여준다.

스킨케어는 민낯의 모습에서 그 제품이 얼마나 잘 흡수가 되고 주름이나 모공에 어떤 변화가 있는지, 색조 베이스 메이크업 같은 경우에는 민낯에서 톤이 얼마나 보정이 되었고 커버가 어느 정도 되는지, 클렌징 제품은 얼마나 메이크업이 깨끗이 지워졌는지를 보여주려면 민낯공개는 필수이다. 처음엔 민낯공개가 부끄럽거나 민망해서 사진의 일부분만 잘라서 올리는 경우도 있으나 얼굴 전체의 민낯을 보여줬을 때 방문자들은 더 포스팅을 오래 보게 되고 확실한 제품변화를 볼 수 있어 신뢰감을 갖게 된다.

이 모든 건 친근감으로 이어진다. 민낯을 보고난 후 왠지 모를 친근함이 생기게 마련. 보통 여자들은 친한 친구들 사이에만 민낯을 공개한다. 동네에서 부담 없이 민낯으로 만나도 괜찮은 친구들과 더 편안하게 거리낌 없이 지낸다. 나는 예쁜 모습만 보이기보다는 친근하게 다가가고 싶다.

연예인도 보면, 무대 위에서 화려하고 도도한 걸 그룹이 TV예능프로그램에 나와 민낯을 공개하고 위장크림을 바르는 등 망가지면서 자연스러운 모습을 보였을 때 그 걸 그룹 멤버의 인지도는 올라가고 더 사랑을 받았다. 항상 색조 메이크업을 하고 풀 메이크업을 한 모습만 보여주기 보다는 망가짐도 두려워하지 않고 제품을 돋보이는 게 오히려 방문자나 블로그 이웃들에게 더 신뢰감이나 호감을 얻는 것 같다.

스타뷰티쇼 선물,
홈쇼핑에 나오다

스타뷰티쇼 녹화하러 갈 때면 많은 기대를 한다. 오늘은 어떤 뷰티스트랑 할까? 오늘 게스트는 누구일까? 오늘은 어떤 아이템을 소개할까? 오늘 점심 메뉴는 뭘까? 그리고 제일 기대하는 것! 바로 선물이다.

특히 스타뷰티쇼의 선물은 발 빠르다. 각 브랜드별로 런칭하는 신제품을 협찬해준다. 그래서 다른 사람들보다 먼저 써볼 수 있다는 메리트가 있다. 내가 비싸서 사지 못했던 백화점 브랜드의 선물일 때도 있고 신규 브랜드의 제품, 유기농 화장품, 마지막으로 홈쇼핑에 곧 출시될 제품도 나온다. 실제로 먼저 써본 후 홈쇼핑에서 방송되는 제품을 몇 개 보았다.

내 블로그는 스타뷰티쇼 선물 포스팅으로 커지기 시작했다. 특히 효자 상품을 꼽으라고 하면 단연 "에블리"이다. 난 GS SHOP을 즐겨 보았고, 조윤주 쇼핑호스트를 좋아했다. 근데 에블리의 런칭 방송이 바로 GS SHOP의 조윤주 쇼핑호스트가 진행하는 방송이었고 스타뷰티쇼의 MC 수경 원장님이 나왔다. 런칭 방송 전부터 떨렸다.

스타뷰티쇼 첫 녹화 날, 수경 원장님께서 곧 런칭된다고 하시며 아이크림 샘플을 주셨는데 제품이 정말 좋았다. 어느 곳에서도 살 수 없

129.

스타뷰티쇼 선물 포스팅 목록

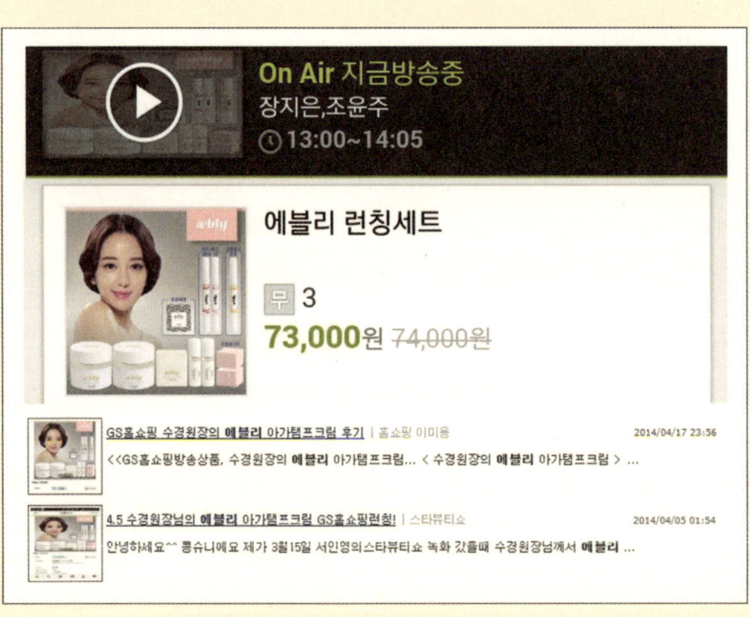

홈쇼핑 방송에 나온 스타뷰티쇼 선물 – 에블리

을 때, 런칭 전 그 제품을 먼저 써보게 되어 영광이었다. 그리고 후기를 썼다. 운이 좋았다. 난 그때까지만 해도 내 블로그에 사람이 많지 않았다.

3월 1일 발대식을 시작으로 본격적으로 시작하게 된 내 블로그. 그리고 에블리의 런칭 방송 4월 5일. 그 이후 내 블로그는 상승세로 이어졌다.

4월 17일 자정 방송. 새벽 1시에 확인한 내 투데이는 놀라웠다. 밤 12시부터 새벽 1시까지 1시간 동안 1000명이 들어온 것이다. 하루에 1000명이 들어올까 말까 한 내 블로그에, 한 시간 만에 사람이 1000명이 들어오다니.

스타뷰티쇼와 내가 좋아하는 홈쇼핑의 조합으로 내 블로그의 방문자 수는 꾸준히 늘었고, 그 뒤로 관리를 해 그 이후 방문자 수가 세 자리로 떨어진 적이 없도록 유지를 했다.

지금도 생각을 해본다. "그 당시 내가 에블리를 만나지 않았더라면, 블로그가 이렇게 빨리 방문자수가 늘어날 수 있었을까?" 에블리는 내 블로그가 크는데 KTX처럼 빠른 길로 가게 해주었다.

이후, 에블리 뿐만 아니라 닥터자르트 바운스뷰티밤의 제품을 받았고 그 제품도 홈쇼핑에 판매가 되었다. 모든 제품에는 트렌드가 있다. 뷰티도 마찬가지이다. 스타뷰티쇼에 나오는 제품은 트렌드를 잘 반영한다. 덕분에 런칭 상품을 누구보다 먼저 써볼 수 있고 그 시즌의 유행 컬러나 제품을 알 수 있었다. 스타뷰티쇼의 걸그룹 빅매치에서 라벤더색 립스틱을 사용했는데, 올 봄 라벤더 립컬러가 크게 유행했다. 남들보다 먼저 뷰티트렌드를 익힐 수 있었다.

　스타뷰티쇼 선물은 블로그 방문자 유입도 잘 된다. 스타뷰티쇼 방송 직 후 유입이 되기도 하고, 이처럼 홈쇼핑에 그 선물이 나오면 더 대박인 것이다. 스타뷰티쇼의 선물이 아니었으면 내 블로그도 이렇게 크지 못했을 것이다. 내 블로그에 제대로 탄력을 준 녹화선물들. 뷰티 블로그를 처음 시작하는 사람에게 스타뷰티쇼 뷰티스트를 하라고 말하고 싶다.

블로그 빨리 키우고 싶으면
홈쇼핑을 활용하라

난 블로그를 오래한 사람보다 단기간에 방문자 수가 늘었다. 2014년 3월 만 명, 5월 20만 명, 8월 50만 명, 10월 80만 명, 12월 100만 명을 넘어섰다.

처음 한 달간은 아무리 글을 올려도 하루에 100명. 이후 서서히 늘었는데 방문자 유입을 분석해 보면 방문 키워드는 모두 홈쇼핑 관련이다. 홈쇼핑 방송 제품과 쇼호스트 이름으로 검색해서 들어온 것이다.

처음 블로그를 시작했을 때는 아무래도 사람이 적게 들어올 수밖에 없다. 총 방문자 수가 몇 명 되지도 않는데, 블로그를 개설하자마자 하루에 몇 천 명이 들어올 수는 없을 것이다. 블로그도 많은 콘셉트의 블로그가 있다. 맛집블로그, 일상블로그, 여행블로그, 패션블로그, 뷰티블로그 등. 특히 뷰티와 맛집블로그는 하는 사람이 많아서 글을 쓰고 상위링크가 되기란 쉽지 않다. 포털사이트에 검색을 해보면 알 것이다.

검색을 하고 맨 위에 뜨는 블로그는 이미 토털 방문자 수가 높고, 댓글도 많이 달린 블로그이다. 아무리 글을 열심히 썼다 해도 내 글은 뒤 목록에 있으니 사람들이 많이 검색해서 들어오긴 힘들 것이다. 나 또한 초기엔 그랬다. 하지만 블로그를 꾸준히 하다보면 서서히 오르는 재미가 있고, 방문자 수가 늘어날 때마다 뿌듯함을 느낀다.

내가 다른 사람보다 블로그가 단기간에 클 수 있었던 이유! 남들이 잘 안하는 포스팅을 했기 때문이다.

　내가 블로그를 시작했을 때는 홈쇼핑에 대한 내용만 올리는 블로그가 별로 없었다. 그래서 처음에 홈쇼핑 제품 리뷰를 시작으로, 홈쇼핑 뷰티방송정보, 홈쇼핑 뷰티제품 분석, 홈쇼핑 뷰티제품 런칭 소식 등을 올렸다. 글을 올리는 사람이 많이 없어서 내 블로그가 노출이 되기 쉬웠고, 검색으로 인한 유입이 늘어나 방문자 수가 빨리 늘어나게 되었다.

　블로거들도 제품 체험문의가 들어왔을 때 홈쇼핑에 나오는 방송 상품은 더 신뢰를 하고 좋아한다. 홈쇼핑에 방송되는 제품들은 그 절차가 까다롭기에 아무 상품이나 방송할 수 없다. 그래서 더 검증된 상품이고, 그 제품을 리뷰하면 방송시간에 조회 수가 더 높게 나온다. 실제로 최근 홈쇼핑 런칭 상품의 제품 체험문의 연락이 왔는데 런칭 방송 전 꼭 글을 올려달라고 문의가 왔다. 이제 홈쇼핑에 방송되는 제품의 관계자들도 블로그 마케팅을 활발히 시작하고 있다. 이왕 같은 상품을 리뷰 하더라도 홈쇼핑에 나오는 제품을 리뷰하면 더 빨리 성장할 수 있을 거라고 확신한다.

1 홈쇼핑 방송시간을 활용하라.

홈쇼핑 방송 중에는 방송을 보며 제품을 바로 구매하지 않고, 검색을 해 정보를 더 모아서 구매여부를 결정하는 사람이 늘어나고 있다. 홈쇼핑 방송 전 공감과 댓글로 인해 글의 인기를 높이거나, 아직 블로그의 방문자 수가 적다면 홈쇼핑 방송 하루 전에 포스팅을 올려 최신 포스팅에 글이 오르면 방송시간 중 블로그가 노출될 확률이 크다.

2 제품 포스팅을 할 것이 없다면, 방송 후기를 써라.

홈쇼핑 제품리뷰가 방문자 유입이 제일 잘되긴 하지만 홈쇼핑 방송리뷰도 유입이 많이 된다. 상품평은 많지만 블로그엔 귀찮아서 안올리는 사람도 많다. 그럼 검색했을 때 나오는 글이 적어 내 포스팅이 상위 노출될 확률이 크다.

방송 후기 포스팅은 다양한 검색어로 유입이 된다. 그 방송사의 이름으로도 되고, 그 방송을 한 쇼호스트의 이름을 검색해도 나오고, 그 제품에 대해 검색해도 나온다. 특히 방송을 보면 알겠지만 제품의 스펙을 보여주는 화면만 계속 있는 게 아닌, 시연도 보여주고 많은 화면들이 있다. 움직이는 화면이기에 "아 저거 성분이 뭐지?" "어디서 만든 것이지?" 등 방송을 보며 궁금한 점은 빨리빨리 지나가기도 한다. 물론 홈쇼핑 방송사의 홈페이지나 어플을 들어가서 자세한 제품스펙을 확인할 수도 있지만 포털사이트에 검색하는 사람이 많다. 유입될 방법이 많으니, 홈쇼핑을 자주보거나 홈쇼핑을 좋아하는 사람이라면 방송 후기를 쓰라고 하고 싶다. 꼭 홈쇼핑 후기뿐만이 아닌 정보가 있는 TV 프로그램의 후기. 특히 뷰티프로그램의 방송 후기도 검색유입이 높다. 특히 뷰티프로그램의 방송 후기는 뷰티 TIP이 있기 때문에 정보도 많이 넣을 수 있다.

3 제품 후기를 남길 땐 꼭 제목에 "사용 후기" 라는 말을 써라.

어떤 제품을 검색하면 연관검색어에 "○○○" 이란 말과, "○○○ 사용 후기" 라는 말이 있다. 그 제품을 쓴 사람의 후기를 보며 다른 사람은 어떻게 생각하는지 알고 싶은 것이다. 나 또한 어떤 제품을 살 때 사용 후기를 검색해 본다.

어떤 제품을 포스팅할 때 그 제품 이름만 달랑 쓰는 것보다는 "사용 후기" 라는 말을 붙이고, "한달 사용 후기" 등 기간을 정해놓으면 더 신뢰감이 가기에 클릭률이 높다.

실제로 홈쇼핑에서 산 어떤 제품을 4년간 사용한 적이 있다.

"○○○ 4년 사용 후기" 라고 썼는데 그 포스팅의 조회 수는 높았다.

그냥 사용 후기보다 기간을 갖고 있으면 한두 번 쓰고 올린 후기가 아닌, 오랜 기간 사용한 후기로 보여 더 진솔하게 보인다.

4 제목에 다양한 키워드를 넣어라.

검색을 했을 때 아무리 태그를 걸어도 제목의 효과가 더 크다. 예를 들어 제목에 그냥 ○○○파운데이션 이라고 쓰기보다는 "홈쇼핑 파운데이션" "앰플 파운데이션" "가을 파운데이션" "촉촉한 파운데이션" "커버력 좋은 파운데이션" "저렴한 파운데이션" "고기능 파운데이션" 등 다양한 말이 있으면 그냥 파운데이션이 아닌 홈쇼핑의 파운데이션을 사고 싶은 사람은 "홈쇼핑 파운데이션"으로 검색해서 들어오기도 하고, 계절이 바뀌면서 화장품을 바꾸는 사람이 많은데 그럴 때엔 "가을 파운데이션" "촉촉한 파운데이션" 등으로 검색해서 들어오기도 한다.

제목을 성의 있게 쓰고 나만의 말머리, 태그를 달면 그 키워드로 인한 검색유입이 늘어난다.

처음에 블로그를 시작할 땐 마음껏 올려야지. 하고 싶은 말을 다 써야지 하면서 올렸다. 그런데 블로거들이 상위 노출, 방문자 수에 집착하는 이유가 있다.

방문자 수가 늘어나면 좋은 것이, 그만큼 상위에 노출이 되고 내 포스팅을 보는 사람이 많아지면 다양한 곳에서 신제품이 나왔을 때 제품을 주기도 하고, 댓글이 많이 달려 그 제품에 대한 정보를 나만의 생각이 아닌, 다양한 사람과 교류를 하며 정보나 생각을 교환할 수가 있다. 또 방문자 수가 늘면 더 하는 재미가 있다. 그래서 블로그를 할 때, 상위 링크, 방문자 수가 중요한 것 같다. 특히 남들이 잘 하지 않는 포스팅을 하라. 그럼 블로그에 사람이 많이 들어올 것이다.

뷰티블로거에서
방송출연까지
케이블 프로그램에 출연하다

어느 날 쪽지가 왔다. 케이블 프로그램에서 날 섭외하고 싶다고 했다. 근데 신기한건 "홈쇼핑과 관련된 프로젝트"였다. 블로그를 보고 방송 섭외까지 오니 정말 신기했다. 쇼호스트 지망생으로 방송경력이나 경험은 중요하다. 촬영 전 너무 설렜다.

　○○홈쇼핑과 케이블 한 방송국과의 프로젝트 촬영이었다. 신인 패션디자이너들이 F/W 신상품을 선보이는 자리에 초청이 된 것이다. 카페에서 홈쇼핑 마니아 4명과 토크쇼를 하고, 디자이너 샵에 가서 신인 디자이너들의 옷을 먼저 보고 입어보고 평가를 할 수 있었다.

　촬영 날. 신기하게도 촬영 팀에 7명이 스타뷰티쇼에서 함께한 연출팀과 카메라 감독님들이었다. 스타뷰티쇼의 인연이 이렇게 이어지니 신기했다. 덕분에 자연스러운 분위기에서 촬영을 할 수 있었다. 그리고 촬영 전, 작가님한테 조심스레 물었다.

"어떻게 절 섭외하게 된 거에요?" 하니,
"수진 씨 블로그를 보니 ○○홈쇼핑에서 한 ○○○후기를 봤는

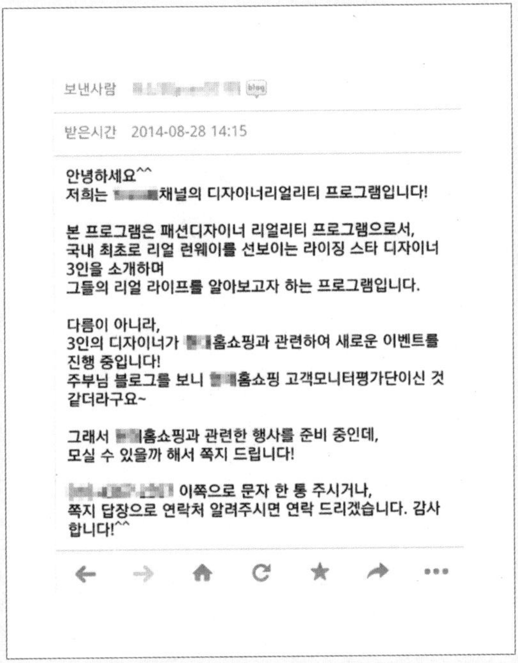

케이블 프로그램 촬영섭외 쪽지

케이블방송 촬영 모습

데, 수진 씨 블로그에는 홈쇼핑 관련 내용이 많더라고요."

내가 블로그에 홈쇼핑 제품 후기를 꾸준히 써온 게 홈쇼핑 토크프로그램에 출연까지 이어졌다. 근데 처음에 나를 주부님이라고 했다. 당연히 홈쇼핑을 많이 보니 주부라고 생각했다고. 근데 젊은 사람이라 놀랐다고 했다.

촬영 시작. 20대인 나, 30대와 40대 주부 3명, 총 여자4명이 홈쇼핑에 대한 이야기를 나눴다. 홈쇼핑 제품을 칭찬하기도 하고 과감히 비판도하고 신나는 촬영이었다. 근데 이곳에서도 신기한 게 내가 블로거 콩슈니라고 하니 한 주부님께서 "엇?콩슈니? 저 알아요! 혹시 아이크림 포스팅 하지 않으셨어요?" 라고 했다. 날 알아봐주시니 신기했다. 이후 디자이너의 옷을 입고 직접 스타일링도 받을 수 있었다.

어젯밤 방송에서 봤던 쇼호스트가 방송 중 나에게 말을 걸어줬고, 모든 순간이 꿈만 같았다. 이 모든 게 내가 블로그에 홈쇼핑 제품 리뷰를 올리지 않았어도 가능했을까? 아니라고 생각한다.

정말 좋은 기회. 런칭 방송을 방송 알림 맞춰보던 나에게 직접 몇 주 전에 방송 상품을 직접 입어보고 평가를 할 수 있게 해주었다. 이렇게 직접 체험하고 나니 내 블로그에 더 애착이 생겼다. 내가 좋아하는 홈쇼핑 덕에 케이블에도 출연까지 하고, 꿈으로 나아가는 한 걸음 한 걸음………. 아직은 멀게만 느껴지지만 이 촬영으로 인해 한 걸음

141.

더 가까워진 것 같은 느낌이 들었다.

　블로그 덕에 유명 쇼호스트를 많이 만나고 방송 출연까지 하게 되어 영광이다. 그리고 더 간절해진다. 내 꿈.

홈쇼핑도 네트워크시대!
홈쇼핑 프로그램에 출연하다!

요즘 홈쇼핑엔 일반인이 많이 나온다. 2013년부터 홈쇼핑에도 스타 뷰티쇼처럼 일반인 패널이 나오는 뷰티프로그램이 많아졌다. 음식방송이나 건강식품은 이전부터 중년여성의 방청객이 나오긴 했지만 홈쇼핑 이미용 방송에서 20대 여자들이 나와 박수만치는 방청객이 아닌, 직접 물건을 써 본 소감을 말하고 실제로 제품 시연까지 하게 되었다.

우연한 기회에 GS홈쇼핑 리얼뷰티쇼에 리뷰 걸로 출연을 하게 되었다. 속옷방송에선 정말 속옷 착용 후기를 말하기도 하고, 라벨르라는 워터필링 기계를 홈쇼핑에서 샀는데 어느 날 라벨르 필링기 방송에 참여하게 되고, 실제 사용소감을 말하게 되었다. 내가 직접 쓰고 있는 물건이고 블로그에 포스팅 한 제품이라서 더 말을 잘 할 수가 있었다.

쇼호스트가 꿈인 나에게 스튜디오에서 생방송을 직접 체험하는 자체가 영광스러웠다. 이후 방송하는 제품을 써보고 미리 블로그에 포스팅을 했다. 총 6번 이상 출연을 하게 되었는데 고객들은 일반인이 나와서 사용 후기를 말하는 모습을 더 친근하게 봐주었다.

이후 홈쇼핑 뷰티방송 패널에 많이 참여하게 되었다. 4개의 방송사의 패널을 다녔는데 블로거라는 타이틀은 업체에서도 좋아하게 되었다. 실제로 한 홈쇼핑의 뷰티방송은 미션이 있었고. "방송 전, 방송 중, 방송 후 SNS에 홍보하기"였다. 페이스북, 카카오스토리, 블로그에 미션을 올렸다. 단순한 방청객이나 패널이 아닌, 그 홈쇼핑 프로그램의 일일 홍보대사가 된 것이다. 열심히 수행을 했고 홈쇼핑이 변해가는 걸 몸소 체험했다.

올 여름. 한 홈쇼핑 패션프로그램에 블로거 자격으로 방송을 가게 되었다. 시즌 첫날은 패널로 갔는데 방송 후기를 블로그에 올렸고 조회 수가 늘었다. 방송국 관계자도 그 포스팅을 봤다고 들었다. 이후 블로거 자격으로 그 프로그램에 매주 참여할 수 있게 되었다.

블로거 자격이라 좋은 건, 프롬포터 바로 옆 쇼호스트 정면에 앉아서 방송을 더 잘 볼 수 있었다. 물론 그 현장상황을 포스팅 해야 해서 사진을 많이 찍은 것도 있었지만 쇼호스트 지망생이라서 프롬포터보고 쇼호스트의 멘트를 보고 공부가 많이 되었다.

방송에서 산 신발을 그 제품 방송 날 일부러 신고 간 적도 있다. 마침 쇼호스트 분이 날 지목했고 마이크가 나에게로 왔다. 사용 후기를 마음껏 말할 수 있었다. 이후 블로그엔 방문자 수가 폭발했고, "방금 TV에 슬립온 신고 나오신 분 맞죠?"라고 하며 방문자들이 날 알아봐 주기도 했다.

실시간 댓글이 신기했다.

　이렇게 홈쇼핑에선 블로거의 초대가 많아졌고 실제로 GS홈쇼핑의 "더뷰티"라는 뷰티프로그램에는 뷰티블로거 6명의 자리가 따로 생겼다. 방송에서 "블로거"를 신뢰해주기 시작했고, 블로거의 제품리뷰 화면을 홈쇼핑 화면 중에 많이 내보내기도 한다. "뷰티 블로거들의 입소문을 탄 화제의 그 제품" 등의 카피를 보며 느꼈다. 고객들은 블로거를 신뢰한다. 그리고 홈쇼핑에서 또 하나의 마케터로 자리를 잡고 있는 블로거. 방송에서의 또 하나의 마케터이자 또 하나의 검증단 블로거. 이렇게 방송 프로그램도, 홈쇼핑 프로그램들도 변해가는 것 같다.

블로그의 경험.
고정패널이 되다

블로그가 뷰티블로그로 자리를 잡으면서 홈쇼핑 패널 특히 뷰티프로그램의 패널로도 많이 출연하게 되었다. 어느 날 현대홈쇼핑의 A.H.C 아이크림 방송 패널을 가게 되었다. A.H.C는 에스테틱의 유명한 제품인데 홈쇼핑에 출시됐다. 신기하게도 나는 A.H.C 오프라인 매장에서 일한 경험이 있었다. 방송 전 작가, 업체 직원분과 잠깐 대화를 나눌 시간이 있었다. 그때 제품을 써보라고 주셨는데 그 제품이 정말 좋아서 블로그에 사용 후기를 남겼다.

그리고 제품과 구성이 너무 좋아 그 방송에서 제품을 실제로 구매했다. 포스팅에는 오프라인 매장에서 일을 하면서 경험한 이 제품에 대한 이야기, 관광객들에게 유명한 제품이라는 것, 매장에서의 가격표 사진과 홈쇼핑에서의 가격을 비교하며 사진을 올렸다. 이후 많은 사람들이 나의 A.H.C 아이크림 포스팅을 보게 되었다.

블로그의 경험과 아르바이트를 한 경험으로 A.H.C 고정패널이 될 수 있었다. 다양한 경험들로 인해 방송에서 보여주고 싶은 게 많았고 일부러 방송에서 받은 사은품을 착용하고 갔다. 이러한 노력에 다른 고정패널들에 비해 인터뷰할 기회도, 단독샷 받을 기회도 더 많이 있

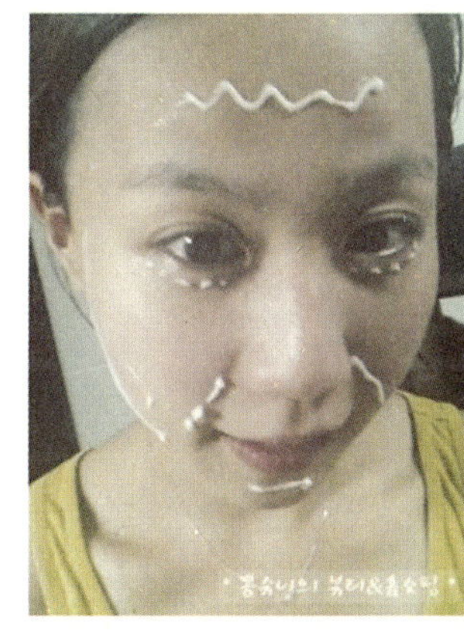
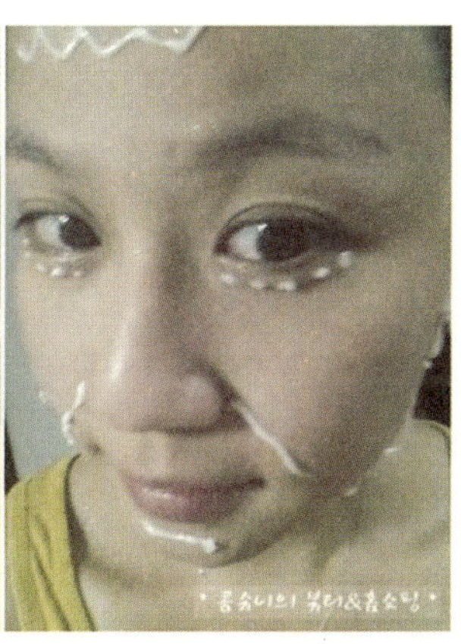

홈쇼핑 방송처럼 리뷰쓰기 – 아이크림을 등고선 모양으로 그린 모습

었다.

단순한 방청객으로만 끝난 게 아닌, 직접 제품을 써보고 주위 사람들에게 그 제품을 선물하고, 방송에서 쇼호스트가 시연한 그대로 똑같이 시연을 한 동영상을 올리게 되었다. 보통 아이크림은 비싸서 손가락에 소량만 짜서 조금씩 톡톡 두들겨 바르는데 이 제품은 얼굴 전체에 등고선처럼 짜서 바를 수 있다는 장점이 있었다. 이후 직원들도 내 포스팅을 보게 되었고, 인기 포스팅이 되었다.

실제로 그 방송에 출연한 패널이라는 점, 그 매장에서 일했다는 점, 이 제품을 실제로 사용한다는 점 등으로 인해 이 제품에 대해 아는 게 많아지고 답변도 더 잘 할 수 있었다.

블로그의 포스팅은 단순히 "이 제품을 쓰고 있습니다."라고만 해서 올리는 게 아니다. 포스팅할 제품을 직접 사용해보고 느낀 점을 말해보고, 그 제품에 대해 공부를 하고, 그 제품에 대한 에피소드를 올렸을 때 한 포스팅 한 포스팅마다 애정이 생기고, 보는 사람도 신뢰감을 느끼게 된다.

블로그의 경험으로 고정패널이 되고 또 고정패널의 경험으로 인해 블로그에 할 말도 더 많아졌다.

최고 하루 만 명, 단기간에
블로그 방문자 수 100만의 비결
드디어 하루에 만 명을 찍다~~

블로그를 처음 시작했을 때엔 하루에 100명만 들어와도 기뻤다. 블로그는 그런 재미인 것 같다. 처음에 100명만 들어와도 행복함. 그리고 하루에 1000명이 들어온 날의 벅찬 그 감정. 이후 하루에 만 명이 들어오고 난 내 눈을 의심했다. "엇? 만 명??!!" 내 블로그 토탈 10000을 찍기까지 몇 달이 걸렸는데 하루에 만 명이 들어오다니. 싸이월드 미니홈피 시절 내가 몇 년을 하고 10000을 찍었는데……

그날의 그 기쁨은 잊을 수 없다. 방문자 수를 캡처해서 스타뷰티쇼 채팅창에 올렸을 때 다들 진심으로 축하해주었다. 블로그 시작 2개월 만의 일이었다.

홈쇼핑 리뷰를 시작하고 현재의 일상들을 올리던 어느 날, 운이 좋았다. 주말이었는데 그날 내가 쓴 포스팅의 방송이 모두 겹친 것이었다. 에블리 화장품과 방송리뷰를 올린 방송이 모두 편성된 날. 몇 군데의 홈쇼핑에서 동시에 방송이 되었고, 마침 드럭스토어의 클렌징 제품 후기를 올린 것까지 유입이 잘되어 하루에 만 명을 찍은 것이다.

한 포스팅의 조회 수가 높은 게 아니라 골고루 유입이 되어 더 기뻤던 날. 하루에 만 명!

이후 평균 방문자 수가 늘어났고, 내가 포스팅을 한 제품 방송 날은 내 블로그의 유입도 늘어난다. 한 달에 몇 번, 특히 주말에 가끔 방문자 수 10000을 찍는다. 상위 포스팅을 보면 모두 홈쇼핑 제품이다. 탈모 샴푸, 소가죽 위빙 백 , 프랑스 유기농 에센스 등.

이렇게 하루에 만 명을 찍고 나면 그날 제품 제휴 연락이나 댓글이 많이 달린다. 가끔 블로그를 하며 지칠 때도 있는데 방문자 수가 많이 나오면 더 탄력을 받아 블로그를 열심히 하는 것 같다. 사람들이 이 맛에 블로그를 하는 것 같다.

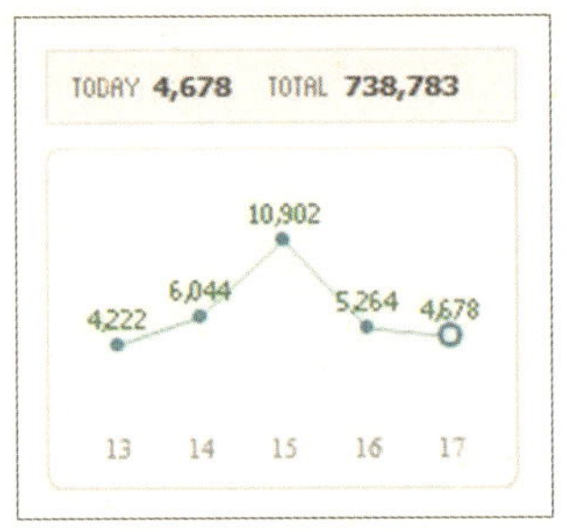

만 명 캡처 사진 /
방송하는 날 방문자 수 그래프 사진

스타뷰티쇼에서 배운
노하우

나에게 "최근 가장 기억에 남는 강의"를 꼽으라고 하면 무엇일까?

대학생 시절 교수님의 강의, 수능 외국어 영역 스타 강사의 강의, 성희롱 강의, 알바 시절 친절교육 강의가 아닌 바로 "스타뷰티쇼 발대식 날 블로그 강의"였다. 내 인생을 바꾼 강의라고 해도 과언이 아니다.

2014년 3월 1일 스타뷰티쇼 발대식, SBS 프리즘타워 회의실에서의 발대식은 잊을 수 없다. 그날 내용들 하나도 놓치기 싫어 다 받아 적었다. 프로그램에 대한 설명, 녹화 진행, 예쁘게 방송 나오는 법, 출연료 정산 등 다양한 내용이 있었지만 그 중 기억에 남는 건 스타뷰티쇼 김용규 PD님의 블로그 강의와 뷰티스트 3기 자영 언니의 블로그 이야기였다.

우선, 김용규 PD님께서 나와 화면을 보며 말씀해주셨다. 자영 언니의 블로그였는데, 원래 블로그 하던 사람이 아닌 스타뷰티쇼 3기를 하게 되며 블로그가 이렇게 컸다는 것이었다. 그때가 점심시간이었는데 이미 방문자 수가 몇 천 명이었다. 내 블로그는 하루에 많이 들어와야 500명이었는데 너무 신기했다.

요즘 기업에서는 바이럴 마케팅으로 블로그하는 사람에게 신뢰감

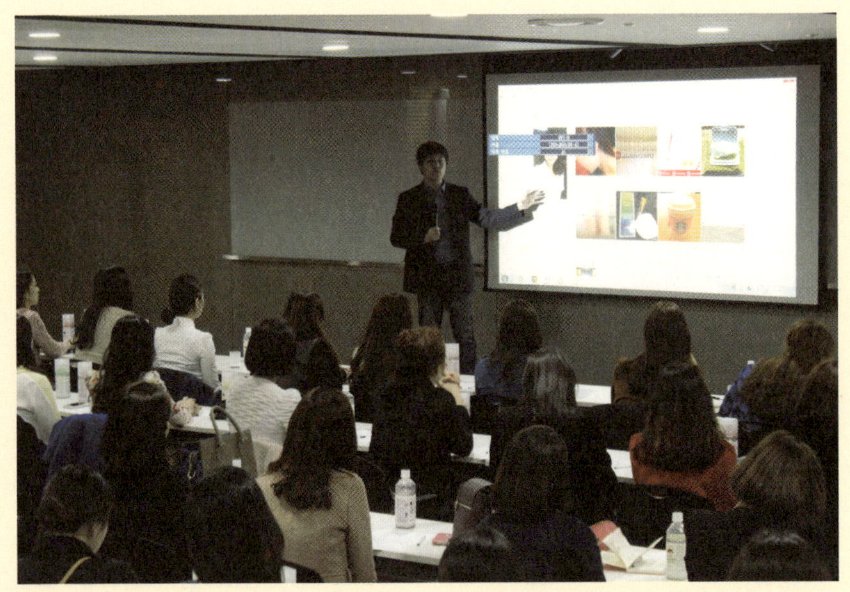
김용규 PD님의 발대식 날 모습

을 느끼기도 한다고 했고, 블로그가 나중엔 자신에게 큰 재산이 된다고 했다. 나는 블로그 시장이 그렇게 큰지 몰랐다.

　나도 물건을 사거나 어디를 갈 때 블로그 포스팅을 검색해 보면서 크게 와 닿지 않았는데 발대식 날 블로그를 제대로 해봐야겠다는 생각을 했다.

　이 후 자영 언니의 블로그 이야기, 처음에 어떻게 시작을 했고, 어떻게 관리를 했는지 말해주었다. 나에겐 자영 언니가 고등학생 때 공부 잘하는 선배처럼 보였다. 이후 자영 언니와 블로그 이웃을 맺고 많이 배웠다. 나도 다음 시즌 때는 블로그가 저만큼 커서 다음 시즌 발대식에 저 자리에서 블로그에 대한 설명을 하고 싶다는 욕심도 생겼다.

　블로그 포스팅하는 법이나 블로그를 하면 왜 좋은지 이렇게 설명해주는 사람이 지금까지 없었다.

"너 SNS에 올리는 사진을 그대로 블로그에 올리면 대박 나겠다."라는 말은 많이 들었지만 실제로 너 블로그 하면 뭐가 좋아라고 얘기 해주는 사람은 없었는데, 왜 하면 좋은지와 실제로 단기간에 크게 성장한 블로그를 보니 자극이 됐다.

　스타뷰티쇼에서는 블로그 포스팅하는 법만 배운 게 아니다. 많은

153.

뷰티 비법을 배우고 유명한 사람들도 많이 만나게 되었다. 순수의 수
경 원장님과 홈쇼핑에서 자주 보던 뷰티컨설턴트 도윤범 이사님이
MC라 매 녹화 때마다 만날 수 있었고, 멋진 분들과 함께하며 꿈에 더
가까워지는 느낌도 받았다. 또 다양한 직업의 예쁜 뷰티스트들과의
교류로 인해 좋은 친구들이 많이 생겼다.

그렇게 스타뷰티쇼에 항상 감사하며 열심히 활동을 했다. 방송 전
후 포스팅과 본방사수 이벤트 등은 한번도 빠짐없이 했고, 스타뷰티
쇼 시즌4 기간 내 일상의 1순위가 스타뷰티쇼였다.

그렇게 열심히 하다 보니 "스타뷰티쇼 시즌4 뷰티스트 어워드"에
서 2등의 영광을 얻었다. 1등과는 진동클렌저 하나 차이로 선물이 달
랐는데 스뷰박스 안에는 백만 원 어치가 넘는 많은 화장품이 들어있
는 상자였다. 선물을 받는데 스튜디오에서 울컥했다. 2등으로 인해
자신감도 많이 얻었고, 뷰티스트 사이에서 신뢰감도 높아졌다.

제일 고마웠던 건 뷰티스트 어워드 전 누가 선물 받을까? 서로 이
야기를 했는데, 뷰티스트들이 "수진 언니는 받을 거야"라고 확신을
하며 이야기해서 열심히 하니 이런 날도 오는구나 생각했다.

자신감 상승. 뿌듯함. 그리고 백여 가지의 화장품으로 인한 포스팅
거리가 늘어났다.

그날 상암 SBS 앞에서 무거운 선물박스를 안고 택시를 탔는데 기
사 분께서 마침 유명한 사람이 될 거라며 격려와 함께 사인을 해달라

뷰티스트 2등 박스 사진

고 하셨다. 가슴 벅찼던 그날, 처음으로 한 사인. 그 사인에는 "SBS 스타뷰티쇼 뷰티스트 김수진" 이라고 적었다.

이렇게 스타뷰티쇼에서는 많을 걸 배웠다. 스타뷰티쇼에서 무얼 배웠냐고 물어보면 방송하며 리액션하는 법, 뷰티 비법, 다양한 옷을 입어 어떤 옷과 헤어스타일이 화면에 잘나오는지, 다양한 인맥 그리고 블로그 자리를 잡게 도와준 것 등 많은 걸 말할 수 있다. 내 인생 최고의 경험, 올해 최고의 선물이다. 스타뷰티쇼 시즌4.

홈쇼핑 뷰티 제품 방송시간은
내 블로그의 황금 시간

블로그를 처음 시작한 사람들이 묻는다.

"어떻게 하면 방문자 수를 늘려요?"

"콩슈니님 블로그는 어떻게 사람이 이렇게 많이 들어와요?"

그럼 나는 이렇게 대답한다.

"홈쇼핑에 파는 물건 공략하세요. 그럼 방송 시간 중 사람이 많이 들어와요."

실제로 내 블로그도 홈쇼핑 제품 포스팅 때문에 방문자 수가 늘고 크기 시작했고, 지금도 홈쇼핑 관련 포스팅으로 인해 방문자 수가 많다. 한마디로 홈쇼핑에서 내가 포스팅한 제품 방송할 때, 블로그 방문자 수 폭발이다!

요즘엔 정보가 많은 시대이다. 물건 하나를 사더라도 일일이 상품평을 검색해보거나 포털사이트에 그 제품을 검색해서 후기를 여러 개 보고 구매를 한다.

나도 홈쇼핑을 보다 사고 싶은 물건이 있으면 검색해보기도 하고, 무언가를 살 때는 꼭 검색을 한다. 그래서 홈쇼핑 제품 포스팅은 유입이 잘 된다. 예를 들어 어떠한 제품이 방송 중이다. 살까말까 정말 저 쇼호스트의 말을 믿어도 되는 것인가? 고객들은 고민을 하게 된다.

조회수 Top

블로그 포스트로 보내기 | + 통계 요약에 추가 | 일간 | 주간 | 월간 | ‹ 2014.10.05 ›

통계 기간 : [일간 통계] 2014년 10월 05일 ~ 2014년 10월 05일

순위	포스트명	구분	조회수
1	[TS 탈모방지샴푸] TS샴푸(티에스샴푸) 일주일사용후기. 탈모스탑샴푸..	블로그	5,245
2	2014.09.12 GS SHOP 리얼뷰티쇼 - TS탈모방지샴푸 방송후기,결국구매..	블로그	934
3	[조성아22 파운데이션/잔주름커버파운데이션] 조성아투웬티투 씨앤티 ..	블로그	533
4	[인터파크 티켓팅] 지킬앤하이드 조승우, 티켓팅 성공했어요> <!!	블로그	507
5	[GS SHOP 제품후기] 원더레그 압박스타킹 솔직후기.	블로그	492
6	토요일밤 홈쇼핑경쟁! 동지현vs임세영vs정윤정vs김동은 / GS SHOP 쇼..	블로그	188
7	[현대홈쇼핑] AHC 리얼아이크림포페이스 사용후기/방청후기	블로그	187
8	[모르간 가방] 가벼운소가죽가방! 모르간 위빙백. 모르간 위빙숄더백 ..	블로그	162
9	[조성아 파운데이션/조성아파티선물] 조성아 앰핏파운데이션. 코어블..	블로그	124
10	[GS SHOP] 신재경쇼핑호스트 돌아오다 / 방송중 하이힐벗는 쇼핑호스..	블로그	92

방문자유입통계분석 - 방문유입 상위 10개 중 9개가 홈쇼핑 관련 유입

그래서 방송을 보며 컴퓨터나 스마트폰으로 그 제품에 대해 검색을 한다. 그런데 이런 사람이 한둘이 아니다. 그래서 홈쇼핑 제품 방송시간대에는 방문자 수가 몇 배 더 많다.

요즘 내 블로그에서 인기 있는 포스팅을 보면, 탈모 샴푸, 모르간 위빙백, 라벨르워터 필링기, 원더레그 압박스타킹 포스팅이다.

얼마 전 주말 운이 좋았다. 하루에 탈모 샴푸를 두 번이나 방송하고, 위빙백, 필링기, 압박스타킹 모두 하루에 방송을 한 것이다.

각각 다른 홈쇼핑에서 방송을 했는데 하루에 만 명 이상이 들어왔다. 대부분 홈쇼핑 제품 후기 포스팅으로 유입된 것이다. 블로그 방문 유입 통계 분석을 해보면 상위 대부분의 글은 홈쇼핑으로 유입이 되었다.

이렇게 홈쇼핑관련 리뷰가 많아지다 보면, 꾸준히 일주일에 두세 번은 홈쇼핑방송으로 인한 방문자수가 많아지게 된다. 평균 방문자수에 방송하는 날 방송상품 조회 수가 더해지니 많게는 방문자수 차이가 몇 천 명이 나기도 한다.

실제로 한 홈쇼핑의 모델링팩이 있다. 일명 고무팩이라고도 하는데, 이 제품은 에스테틱에서 마지막 단계에 사용하는 팩으로 집에서도 에스테틱 에서처럼 관리한다는 장점이 있다. 난 이 제품을 사용하지 않고 방송후기만을 올렸는데 팩을 하며 번거롭게 사진을 찍어 올리는 사람이 많이 없었다. 내가 쓴 방송후기는 포스팅을 올린 지 몇 개월이 지났는데도 모델링팩이 방송하는 날이면 하루 몇 백 명이 들어오기도 한다.

그렇다고 무조건 홈쇼핑 제품을 포스팅 한다고 사람이 많이 들어오는 건 아니다. 내 포스팅이 상위에 있어야 한다. 같은 제품이라도 뒤에 밀려 있으면 상위 링크가 되지 않는다.

이미 유명하고 글 개수가 많은 제품보다는 후기가 적은 제품을 포스팅한다. 또 자신이 직접 쓴 후기를 올리고 제목에 "사용 후기"라고 꼭 쓰고, 동영상을 첨부하는 걸 추천한다.

상위 링크가 되지 않더라도 동영상을 검색해 보는 사람들이 많은데, 동영상은 의외로 귀찮아서 찍거나 올리는 사람이 적다. 블로그 하는 사람 중 홈쇼핑 제품을 구매했다면 그 제품의 리뷰는 꼭 올리라고 말하고 싶다.

포스팅 한 제품 방송시간 중. 투데이가 급격하게 증가.
23:50~00:50 파운데이션 방송 중. 한시간만에 4천명 증가.
(00:16 = today 1,118 / 00:41 = 3,290 / 00:57 = 4,043)

런칭 상품을
노려라

방문자 수를 올리는 방법. 많은 사람이 포스팅을 하지 않은 제품을 포스팅하라고 말하고 싶다. 실제로 몇 천 명이 올린 글 중에 상위 링크 되는 것보다는 몇 명 안 쓴 글 중에서 상위 링크 될 확률이 높다. 내 블로그도 그렇게 해서 방문자 수가 늘었다.

런칭 상품을 공략하라! 내 블로그가 탄력을 받게 된 게 에블리라는 제품 덕이다. 에블리 화장품 런칭 전 샘플을 써 볼 수 있었고, 런칭 초기 그 제품에 대해 아는 사람은 많이 없었다. 그래서 포스팅 수가 적었고 유입이 잘되었다.

그런데 내 포스팅은 첫 번째 두 번째 상위 링크가 될 수는 없었다. 총 방문자 수가 몇 만 명 안 되던 시절이다.

'어떻게 해야 내 글이 상위 링크가 될까?'

다음 방송 전까지 내 포스팅을 위로 올리고 싶었다. 그래서 생각을 했다. 검색을 하면 파워링크, 쇼핑, 뉴스, 블로그, 사진, 동영상 이렇게 다른 카테고리가 있다. 그런데 에블리에 대한 동영상은 없었다. 재빨리 에블리 화장품 사용하는 모습을 동영상으로 찍어서 올렸다. 포털사이트에 에블리를 검색했을 때 내 블로그가 상위링크까지는 아니었지만 동영상으로는 첫 번째 검색순위였다. 이렇게 내 블로그는 탄

탈모샴푸 후기

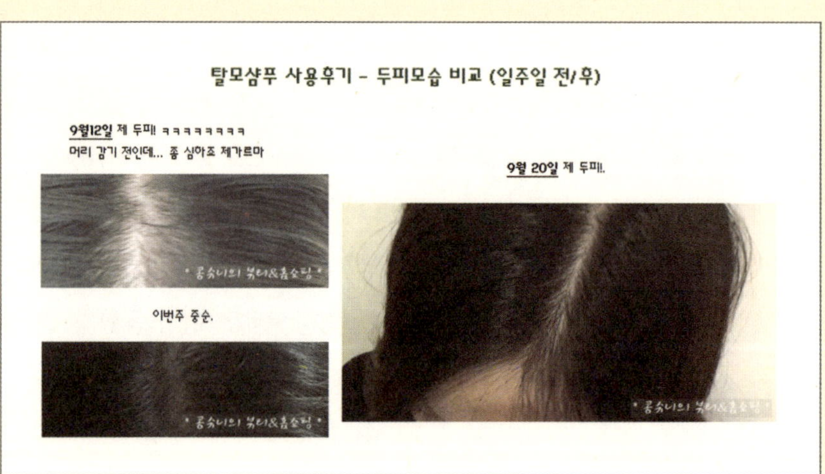

탈모샴푸 사용 후기 - 두피모습 비교

력을 받기 시작했다.

탈모 샴푸를 예로 들어보자. 얼마 전 홈쇼핑에서 탈모 샴푸를 구매했다. 이 제품은 일주일 사용해 보고 사용 후기를 남겼다. 이 제품 역시 홈쇼핑에 런칭한 지 오래되지 않아 아직 블로그 포스팅 수가 적다. 그래서 방송 중 포털사이트에 샴푸 검색을 하면 내 블로그가 상위에 뜬다. 상위에 뜨는 것도 있고, 블로그 포스팅 수가 총 38개밖에 되지 않아 내 블로그에 더 클릭 수가 높다.

이렇게 런칭 상품을 발 빠르게 포스팅을 하거나 사람들이 검색을 많이 하는데 아직 포스팅이 적은 제품의 리뷰라면 서둘러서 올려라.

홈쇼핑 제품뿐만이 아니다. 로드샵의 제품도 똑같다. 요즘은 모든 제품들이 체험단을 모집하고 미리 블로거들에게 써보라고 하는 이유도 그런 것 같다. 사람들이 검색하는 심리를 이용해서 말이다. 먼저 써볼 수 있는 장점도 있지만 먼저 써봄으로 인해서 많은 사람들에게 나의 생각을 알릴 수 있고, 더불어 블로그에 방문자 수도 늘어날 수 있다.

뷰티블로거로인해 바뀐 내 일상

꿈을 더 단단히 하다

22살 가을, 쇼호스트가 되고 싶다고 생각을 했다. 하지만 그땐 먼 꿈만 같았고 더 경험을 쌓자고 생각을 했다. 이후 치아교정을 3년간 하게 되었고 치아교정 끝나고 쇼호스트 준비를 본격적으로 시작했다.

처음에는 일이 잘 풀리지 않았다. 애기말투도 고쳐야하고 방송출연 경력도 있어야 했고, 쇼호스트를 준비하기엔 내가 너무 부족했다.

그러던 어느 날, 블로그를 개설하기 시작했고 나만의 일기장이었던 블로그 덕에 이전에 경험했던 것 보다 더 많은 경험을 하게 될 줄은 상상도 못했다. 한마디로 블로그를 하며 완전히 바뀌어버린 나의 일상. 그리고 내 꿈을 더 단단히 해주었다.

블로그를 하면서 다양한 방송에도 출연할 수 있었고 쇼호스트나 홈쇼핑 PD가 직접 댓글을 달아주어 블로그로인해 홈쇼핑 관계자나 나 같은 홈쇼핑 마니아들과 소통을 할 수 있었다.

내가 블로그를 하지 않았다면 과연 홈쇼핑과 더 가까워 질 수 있었을까 생각을 해본다. 몇 년간 홈쇼핑은 나 혼자 보고 물건을 구매하는 일방적 통로였다면 지금은 물건을 구매하고 소통할 수 있는 블로그라는 공간이 생겼다. 또 홈쇼핑 뷰티 제품을 런칭하기 전 체험할 수 있도록 신제품이 나올 때마다 먼저 써보고 블로그에 멋진 후기를 부탁한다며 제품을 보내주는 곳도 여러 곳 생기게 되었다. 홈쇼핑의 앰플 파운데이션, 구스다운 패딩코트 등 뷰티부터 패션제품까지 여러 곳에서 홈쇼핑 런칭 전 포스팅을 올려달라고 제품을 주기도 한다.

이전엔 런칭 방송 예고편을 보며 "어떤 제품일까?" 기대만 했다면, 지금은 그 제품을 먼저 써보고 평가해 볼 수 있어 영광스럽다.

방송 출연, 쇼호스트와의 소통, 런칭 상품 미리 체험해보기. 모두 블로그로인해 단 6개월 안에 얻어진 성과이다. 내가 지금 블로그를 하고 있지 않다면 생기지 않았을 기회인 것이다.

런칭 상품을 먼저 받아 써보고 첫 후기를 쓸 수 있어 영광스러우면서도 더 신중해진다. 쇼호스트도 런칭 제품을 먼저 써보고 방송하기까지 많은 노력을 할 것이다. 그것이 자신의 자질은 물론 제품 판매량으로 이어진다는 것을 알기 때문일 것이다. 나는 매출까지는 신경 쓰지는 않지만 신제품을 써보고 첫 후기를 쓸 때 아무래도 처음이라 정보가 많이 없어서 더 많은 공부를 하고 후기를 쓰게 된다. 지금 이런 제품이 유행인지, 어떤 성분이 들어갔는지, 언제 쓰면 좋은지 등. 성격이 꼼꼼해서 그냥 막 올릴 수도 없고, 좋은 점만 부각해서 쓰면 실제로 써보고 그 제품에 만족하지 못한 사람들에게 악플이 달리기도 한다. 그래서 더 신중하게 된다.

홈쇼핑 블로그를 운영하며 홈쇼핑을 좋아하는 사람들이 질문도 많이해, 홈쇼핑의 트렌드를 더 찾아보고, 수시로 기사도 찾아보고, 제품 비교도 하게 된다. 포스팅 올리며 더 많은 공부를 하게 되 홈쇼핑관련 포스팅을 올리면서 꿈이 더 간절해진다.

홈쇼핑을 좋아하는 사람들과 소통을 하고, 그 속에서 다양하게 체험하고 경험하면서 꿈에 한 발짝 더 다가가는 느낌을 받는다.

내 꿈을 펼칠 그날을 그리며…….

블로그 덕에
광고모델 되다

20대는 뷰티/패션에 특히 관심이 많다. 그래서 패션잡지를 많이 보고 또 잡지를 사면 부록으로 뷰티아이템을 주는 경우가 많아 많이 사게 된다.

어느 날 한 여성잡지에 "일반인 버스광고모델을 뽑습니다."라는 문구를 보았다. 설마 내가 될까? 마감 하루 전. 마감시간 5분을 남기고 메일로 프로필을 보냈다. 직업, 취미, 하고 싶은 이유, 그 잡지가 좋은 이유 등을 적는 것이었는데, 난 " 직업: 쇼호스트 지망생, 취미: 블로그" 라고 적었다. 그리고 다음날 연락이 왔다. 버스광고 촬영하게 되었다고 스튜디오로 오라는 것이다. 신기했다. 내가 버스광고모델?!

광고 촬영 날. 인터뷰도 하고 사진도 찍고 선물도 받고 좋은 경험이었다. 그리고 몇 주 뒤 버스광고가 걸리는 날이 왔다. 직접 버스를 보러갔는데 놀랐다. 버스광고판 문구 "더 예뻐지고 싶은 나를 확실히 도와주는 잡지니까 – 6년 독자, 블로거 김수진" 이라고 적혀 있었다.

엇? 나는 분명히 직업에 쇼호스트 지망생이라고 적었는데. 다른 사람들의 광고를 보니, "화장품마케터, 취업준비생, 회사원" 등으로 적혀 있었는데 나는 앞에 타이틀이 블로거였다. 내 직업을 왜 블로거로

167.

내가 잡지 〈싱글즈〉를 좋아하는 이유
"더 예뻐지고 싶은
나를 확실히
도와주는 잡지니까"
〈싱글즈〉 6년 독자, 블로거 김수진

1000
Singles
내가 잡지 〈싱글즈〉를 좋아하는 이유
"더 예뻐지고
싶은 나를
확실히 도와주는
잡지니까"
www.thesingle.co.kr

써주셨을까? 쇼호스트 지망생을 취업준비생으로 바꿔 썼을 수도 있었는데…….

그리고 생각이 들었다. 블로거라는 타이틀은 사람들에게 신뢰감을 주는구나. 아! 그래서 내가 이 버스광고를 찍게 된 거구나 라고.

결국 내가 프로필을 보내고 연락이 온 것도 블로그를 꾸준히 하는 성실함이나 트렌드에 대한 관심도를 보신 것 같고, 블로거라는 타이틀이 메리트가 있었던 것 같다.

그냥 나는 블로그로 어필을 한 게 아니고 취미에 블로그라고 딱 세 글자를 적었을 뿐인데, 블로그 덕에 광고모델이 되었다.

블로그로인해 좋은 제품을 만나고 좋은 체험을 하고 방송에 나오고, 게다가 버스광고 촬영까지. 엄마와 그 버스를 보러 정류장에 갔고, 커다란 광역버스에 내 얼굴이 크게 걸려있는 걸 보고 신기해하시고 뿌듯해하셨다. 아직도 신기하다. 그 커다란 버스에 내 얼굴이 크게 걸려있는 게. 흔히 말하는 효자상품처럼, 정말 내 블로그는 나에게 효자다!

" 더 예뻐지고 싶은 나를 확실히 도와주는 잡지니까"
 -6년 독자, 블로거 김수진.

새로운 네트워크는
내 꿈의 좋은 경험

블로그는 소통이다. 처음엔 일기처럼 내 생각을 적고, 내가 쓴 제품의 후기를 아무런 제약 없이 올리고 '나 혼자만의 공간'이었다. 하지만, 블로그는 혼자 하는 게 아니라고 느꼈다. 어느 순간부터 내 블로그에 댓글이 늘어나기 시작했고, 댓글을 보며 더 공부가 되었다.

한 제품에 대해 '이렇게 생각하는 사람도 있구나!'라고 느끼기도 하고, 댓글이 많아야 블로그 방문자 수가 더 높아진다는 것도 알았다. 처음엔 그걸 깨닫지 못했다. 그리고 다른 이웃의 뷰티 포스팅을 보며 내 포스팅의 퀄리티도 더 발전하고, 최근 유행하는 정보를 얻을 수 있다.

내가 뷰티블로그를 하며 이전의 일상과 달라졌다는 걸 느낀 게 바로 파티초대이다. 블로거 자격으로 파티에 몇 번 초대되어 다녀왔다. 이전에 파티하면 연예인이나 유명한 샐럽들만 초대받아 갈 수 있는 곳인 줄 알았다. 경호원이 앞에 서있고 들어가기 까다로운 파티에 들어갔을 때 기분이 새로웠다.

얼마 전 유명 아이돌이 모델인 제품의 파티에 초대된 적이 있다. 그 아이돌 멤버들이 파티에 참여한다고 해서 이슈가 되었는데, 그 파티 날 명동 일대가 그 아이돌 팬들로 인산인해를 이루었다. 당당히 "블로거 콩슈니" 이름을 확인하고 안에 들어갔고, VIP라운지에서 고개를 돌리면 한류아이돌이 옆에 서있고 신기했다.

또 조성아 메이크업아티스트의 업적 25주년 파티에도 초대되었는데 가수의 공연도 있고 한쪽에선 술을 마시고, 또 한쪽에선 그 브랜드의 제품으로 메이크업을 수정 받을 수도 있었다.

메이크업을 수정받고 공연을 보며 즐기는데 옆에 조성아 원장님이 같이 공연을 보며 박수치고 있었다. 뷰티를 좋아하는 사람들과 10명이 넘는 연예인, 쇼호스트 등 샐럽들과 함께 공연을 보며 즐기고 신제품선물까지 받을 수 있는 파티였다. 한 달에 몇 번은 꼭 파티에 초대되어 가게 되는데 일반인인 나를 유명한 파티까지 갈 수 있게 해준 건 단연 블.로.그.

뷰티관련 파티에 가면 유명한 사람들도 보고, 메이크업도 받고, 신제품을 먼저 체험해 볼 수 있어서 좋다. 또 얼마 전엔 '안낯'이라는 신규 뷰티브랜드 런칭파티에 초대되어 가게 되었다. 비싼 스테이크 코스요리와 맛있는 케이터링. 뷰티관계자들과 와인과 맥주를 마시며 뷰티와 블로그에 대한 이야기를 나누었다. 물론 그 브랜드의 화장품을 선물로 받았지만 화장품에 대한 설명, "포스팅 어떻게 해주세요."가 아닌 정말 사교의 장이었다. 이후 안낯화장품 이사님이 생일에 기프티콘 선물도 해주시고 꾸준히 연락을 하게 되었고 얼마 전에는 케이블 프로그램에 뷰티블로거로 출연을 한 적 있었는데 나를 믿고 흔쾌

화장품 브랜드 파티 포토월에서

화장품 신규 브랜드 런칭행사에서

히 제품협찬도 도와주셨다. 런칭파티, 뷰티파티 이런 곳에서 뷰티 관계자나 뷰티블로거를 또 알게 되고 인맥도 연결이 되며 다 소중한 재산이 된다.

얼마 전 한 화장품 브랜드의 신제품 뷰티클래스에 초대되어 신제품을 체험해 볼 수 있었고, 한 유명 뷰티잡지사로부터 2014 뷰티어워드 초대장도 받았다.

"뷰티블로거 TOP100으로 선정되신 것을 진심으로 축하드립니다."

그 곳에서도 많은 뷰티블로거들을 만나고, 뷰티어워드 수상작들을 체험해 볼 수 있는 소중한 시간이었다.

어디서나 소통은 중요하다. 그리고 좋은 곳에 가면 자신의 가치를 또 한 번 느끼게 된다. 내가 블로거가 아니었으면 TV나 매체에서만 봤을, 알지 못했을 사람들을 만날 수 있었을까? 알 수 있었을까? 생각을 한다. 그런 기회가 오면 항상 영광스럽게 생각한다.

내 인생의
포트폴리오

사람들은 흔히 그런 말을 한다.
"올해 한 일 중에 가장 잘한 일이 뭐야?"
그럼 나는 당당히 대답한다.
"블로그".

2014년 신년목표가 블로그 하기였는데, 사실 1월에 처음 시작했을 때 아무리 글을 써도 보는 사람이 별로 없어 재미가 없었다. 그러다 꾸준히 하다 보니 방문자 수가 늘고 지금의 내가 되었다.

블로그를 하며 얻은 게 많다. 나만의 멋진 일기장이 생겼고, 날 홍보할 수 있는 나만의 사이트가 생겼다. 그리고 주위의 신뢰감도 얻게 되었다. 전에 내가 누군가에게 화장품을 추천했을 때보다 지금 누군가에게 화장품을 추천했을 때 사람들이 더 신뢰감을 주고 믿는다.

"뷰티블로거가 좋다고 하니까, 진짜 좋겠지, 너 믿고 산다."

정말 뿌듯하다.

실제로 화장품을 사기 전에 내 블로그에 들어와 후기를 본다는 지인들이 늘어났다. 얼마 전 지방에 사는 사촌동생이 집에 놀러왔는데 내 화장대 위의 제품을 써보고 좋다고 해서 그 제품에 대한 설명을 해

175.

주었다. 그리고 얼마 뒤 메시지가 왔다.

"언니, 나 ○○○에센스 언니네 집에서 써보고 너무 좋아서 나 그 거 샀어."

이처럼 누군가 나를 믿고 화장품을 바꾸거나 그 제품을 쓰고 만족 하면 뿌듯하다.

블로그. 회사에 취직할 때 서류에는 낼 수는 없지만 나만의 포트폴 리오가 되었다. 내 블로그에 들어오면 나의 일상도 볼 수 있고 나의 뷰티비법, 뷰티제품 후기, 홈쇼핑 방송 후기, 홈쇼핑 제품 리뷰 등 다 양한 정보가 있다. 이런 정보가 모여 지금은 500개 이상의 글이 있다. 어느 하나 소홀히 올린 포스팅이 없다. 나를 알릴 수 있는 또 하나의 홍보수단이 되었다.

내 블로그를 보고 연락 오는 방송섭외나 선물은 블로그가 아니었음 얻을 수 없는 기회이다. 지금도 블로그를 팔라고 연락이 많이 오는데 절대 팔 수 없다. 나의 보물인 "* 콩슈니의 뷰티&홈쇼핑 *" 블로그.

지금 블로그 시작 9개월 만에 100만 명의 방문자 수를 기록했다. 앞으로 200만 명이 되고 천만 명이 될 때까지……

평생 블로그를 하고 싶다. 꼭 방문자 수가 중요한 건 아니지만 늘어 가는 방문자 수를 보면 기분이 좋아진다.

평생 나의 취미이고 싶은 블로그. 중학생 때엔 싸이월드 미니홈피 를 하고, 20대 중반엔 페이스북, 카카오스토리를 했듯, 유행 안타고 꾸준히 할 수 있는 블로그. 비록 뒤늦게 시작했지만 재미에 푹 빠져버렸다.

SNS를 꾸준히 했듯 블로그도 꾸준히 하려 마음먹고 있다. 특히 나중에 보면 '이 시대에 내가 이런 제품을 썼었구나!' '이땐 이게 유행이었구나'를 알 수 있을 것 같다. 또 하나의 기록. 블.로.그.

앞으로 나의 블로그 목표를 잡자면 뷰티 리뷰가 많은데 정적인 리뷰보다는 내가 쇼호스트가 꿈이니 동영상 리뷰를 할 때 그 제품을 직접 소개하고 나만의 "콩슈니 방송"을 만들어 보고 싶다. 내가 그 물건을 팔자고 하는 것이 아니라 직접 말로하며 글도 쓰고 사진도 첨부하고 더 자세한 리뷰를 쓰고 싶다.

그리고 블로그에는 순위가 있다. 현재 전체 780만 개의 블로그 중 순위 1,682위로 상위 1%에 들었다. 내가 "어딘가에서 상위 1%를 할 수도 있구나!" 라는 생각에 기분이 좋아졌다. 또, 현재 화장품/미용 순위에서는 38위이다. 언젠가는 상위권에 드는 게 나의 목표이다. 이왕 하는 거 잘 하고 싶고, 누군가가 나의 노력을 알아주면 더 뿌듯한 것처럼, 1등을 하려고 블로그를 하는 건 아니지만 상위권에 들고 싶다.

나의 추억, 나를 더 발전시키고 가치 있게 만들어준 블로그. 나를 '김수진'이라고 불리기보다 '콩슈니님'으로 유명하게 해준 블로그. 이 모든 게 나의 재산이 되고 보물이 되어 지금보다 더욱 더 나를 발전시키게 하고 싶다.

난 이런 사람들에게 블로그를 하라고 하고 싶다.

매일매일 일상이 지겹고 무료한 사람! 블로그를 해보세요. 하루하루가 바빠질 거예요.

매사에 자신감이 없는 사람이라면!

블로그로 인해 나 자신을 드러내 보세요.

평소에 사진을 많이 찍는 사람!

그럼 그 사진들은 혼자만 보지 말고 공유해보세요.

소통을 좋아하는 사람! 블로그를 해보세요.

다양한 사람들과의 소통이 됩니다.

저처럼 블로그로 인해 진솔한 이야기를 하며 일상을 기록해보세요. 나중에 쓴 글을 하나하나 보다보면 정말 가치 있고 뿌듯할 거예요. 어떤 제품을 쓰더라도 더 공부를 하게 되고 그 제품에 대한 가치를 더 느끼고 소중히 여기게 될 거예요. 방송출연, 버스광고 모델, 파티 초대 등 블로거가 아니었으면 하지 못했을 경험들…….

전 블로그에게 정말 고맙습니다. 블로그를 해 보세요. 나의 가치를 느끼게 해 주고, 일상을 더 재밌게 만들어 줄 서예요.

　─ 뷰티&홈쇼핑 블로그 운영 9개월차 블로거, 콩슈니

콩슈니의 뷰티&홈쇼핑 로고

장세영

짱세일상
블로거

블로거 취업 스펙이 되다

'할까 말까 고민일 땐 해라.'
안 하고 후회할 경우 그 후회는 평생가지만
하고 후회하면 그 후회에 대한 미련은 없기 때문이다.

가슴을 뜨겁게 만든
어느 초여름 날

2013년 5월, 서울에서 자취하는 자취생이자 취업준비생이었던 나는 여타 자취하는 취업준비생과 다를 것이 없었다. 시간이 날 때마다 용돈과 생활비를 벌기 위해 신문사 설명회 아르바이트를 하며 알바몬 생활을 하고 있었는데 어느 날 미스강원 대회를 통해 알게 된 동생에게 연락이 왔다. 시급 5만 원짜리 아르바이트가 있는데 3시간만 일하면 되고 호텔 뷔페가 제공된다는 말에 바로 콜! 배고픈 자취생은 고민의 여지가 없었다.

시급 5만 원 고수익의 아르바이트는 하겐다즈 신제품 런칭파티였다. 프라자호텔에서 열렸던 파티는 새로운 세계에 눈을 뜨게 해주었다. 시급이 5만 원인 줄 알았지만 총 4시간 일하고 29만 원을 받은 고수익 꿀알바었다. 하지만 내 눈은 아이스크림도, 케이터링도 아닌 블로거들에게 시선이 집중되었다. 드레스를 입고 기자들과 VIP 손님들에게 예쁘게 꾸며진 아이스크림을 서빙하면서 VIP로 초청되어 환영받는 저 사람들은 누구일까 궁금했다. 시기가 많은 나는 부러웠고 질투가 났다. 기자들은 PRESS 목걸이를 달고 있었기 때문에 신분을 알 수 있었지만 초대받은 손님들의 신분은 알 수가 없었다. 예쁘게 차려입은 여자들이 많았다. 그들 손에는 다들 카메라가 들려 있었다. 다들 파티를 즐기고 음식을 먹고 사진을 찍느라 정신이 없었다.

　나는 높은 구두 탓에 발이 아팠다. 서빙 아르바이트 경험이 없었던 나는 아이스크림이 망가질까봐 온몸에 힘이 들어갔다. 분명 예쁜 드레스를 입고 고수익의 아르바이트였음에도 불구하고 내 자신이 초라하게 느껴졌다. 그들과 함께 하고 싶었다. 나난 혹여나 아이스크림이 망가질까 온 몸에 힘을주어 아이스크림을 서빙하는데, 저들은 파티를 즐기고 있다는 사실이 내 자신을 초라하게 만들었다. 2~3시간 정도의 신제품 런칭 파티가 끝나고 그들은 한 손엔 카메라, 다른 한 손에 업체에서 챙겨주는 쇼핑백을 들고 파티 장을 유유히 떠났다. 분명 처음 보는 사람이었는데 그중엔 낯이 익은 사람도 있었다. 나중에 인터넷을 검색해 보니 그들은 블로거였다. 인터넷 서핑을 하면서 봤던 얼굴이었다. 신기했다. 나는 그렇게 우연히 블로거들을 만났다.

　한 달 뒤, 여전히 취업준비생이자 알바몬이었던 나는 '가네보케이트'란 일본 화장품 브랜드 입점 행사 아르바이트에서 우연치 않게 또 다시 블로거들을 만나게 되었다. 일전에 블로거들을 만나 본 나는 이번엔 쉽게 그들이 블로거라는 것을 알 수 있었다. 똑딱이 카메라를 들고 오는 블로거, DSLR을 가지고 오는 블로거, 어쨌든 그들은 다들 카메라를 들고 있었다.

　초청받아 오는 블로거라 명단이 있었고 명단 확인을 한 블로거들은 메이크업 시연을 받았다. 많은 사람들 속에서 화장품을 설명하느라

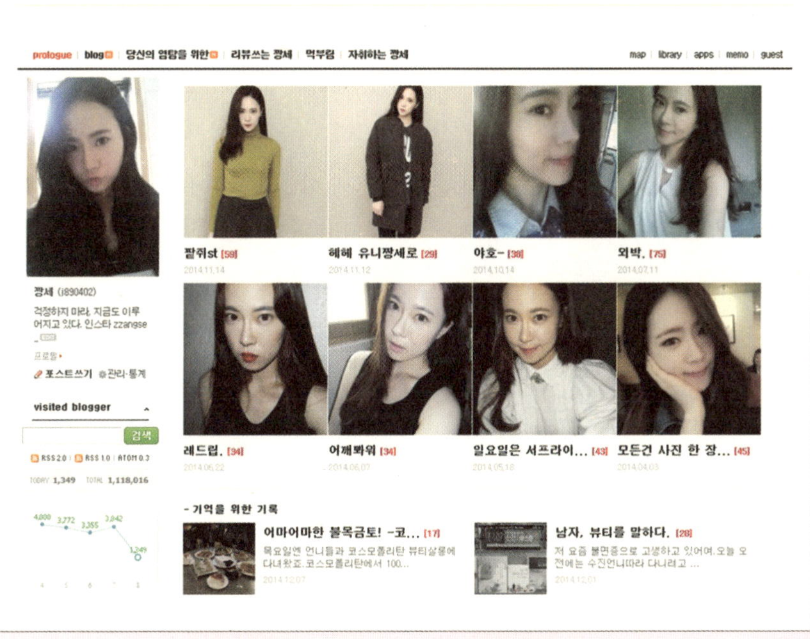

걱정하지 마라, 지금도 이루어지고 있다

정신이 없었지만 이번엔 그들이 블로거라는 것을 쉽게 알 수 있었다. 왜냐하면 메이크업 시연 경쟁이 치열했는데 그들은 쉽게 메이크업 아티스트에게 메이크업 시연을 받았기 때문이다. 행사에 와준 블로거에 대한 프로그램이었을 것이다. 메이크업 시연을 받은 후에는 이것저것 제품 테스트를 하며 사진을 찍더니 역시나 돌아갈 땐 양손 무겁게 쇼핑백을 챙겨갔다. 업체에서 챙겨주는 소정의 선물이었다. 선물 구성은 자세히 모르지만, 아마 업체의 화장품이었을 것이다. 가네보케이트의 아이브로우 마스카라가 탐났던 나는 그 쇼핑백이 무지 부러웠다. 용돈을 받아쓰는 입장이었기 때문에 갖고 싶은 화장품을 다 살 수 없었다.

그때엔 왜 무상으로 제품을 제공하면서까지 블로거들을 초정하는지 자세히 알지 못했다. 친구와 같이 아르바이트를 했어도 그 쇼핑백에 의미를 두고, 그것을 캐치했던 사람은 나였다.

두 번의 블로거를 만나면서 나는 뭔지 모른 두근거림을 느꼈고 무언가가 가슴 속에서 치밀어 올랐다. "바로 저거다!" 싶었다.

나도 행사에 초대 받는 사람이 되고 싶었다. 단순히 업체에서 챙겨주는 제품이 탐이나서 블로그를 시작한 것이 아니다. 블로그를 통해 내가 모르는 세계를 경험 할 수 있을 것 같았다. 그렇게 다양한 경험으로 내 인생을 풍부하게 만들고 즐겁게 살기 위하여 나는, '짱세일상'을 시작하게 되었다.

돌파구를 찾은
셀카귀신

자신이 노출되는 것을 극히 꺼리는 사람이 있는가 하면 자신을 적극적으로 드러내는 사람이 있다. 나는 후자 쪽에 가까운 사람이다. 나는 나를 드러내놓고 알리는 것을 좋아한다. 그 수단으로 이용되는 것이 SNS이다. 누군가는 SNS를 하는 행위가 인생을 낭비하는 행위라고 하지만 나는 그렇게 생각하지 않는다. 잘 운영한 SNS는 나에게 더 많은 기회를 가져다준다.

일기장을 대신하던 싸이월드가 지고 페이스북이 뜨면서 셀카를 올리기 어려워졌다. 페이스북의 친구가 적은 지인들의 담벼락에 내 사진이 도배되는 일이 종종 생겼다. 친구들의 핀잔을 들은 나는 사진을 올리는데 눈치가 보이기 시작했다. 싸이월드가 유행일 땐, 다른 사람의 눈치를 볼 필요가 없었다. 내 공간에 내가 올리고 싶은 사진은 다 올릴 수가 있었다. 내가 올리는 사진을 봐달라고 강요하지 않아도 되었다. 그건 보는 사람의 마음이었다. 하지만 페이스북은 싸이월드와 달랐다. 한 번에 여러 개의 사진을 올릴 수 없었고지금은 가능하지만, 초기엔 안 되었다., 감성적인 글도 올릴 수 없었다. 완전한 내 공간이 아니었다. 나는 싸이월드와 같은 나만의 공간이 필요했다. 하지만 싸이월드의 사용자는 급감했다. 나만의 공간이 필요했지만 누군가의 관심이 필요

187.

하기도 했다. 그래서 선택한 것이 네이버 블로그.

처음에는 '짱세's dairy', '짱세의 소소한 일상'을 거쳐 지금의 '짱세 일상'이 생겨나게 되었다.

짱세는 중학교 때부터 불렸던 내 별명이다. 내 이름이 장세영이다 보니 처음에는 장세였다가 지금은 애정 가득 담은 짱세가 되었다.

나는 사진 찍는 것을 좋아한다. 내 핸드폰 앨범을 본 친구들이 어떻게 사진 앨범에 셀카 밖에 없냐고 물어볼 정도로 사진 찍는 것을 좋아한다. 이 사진을 올릴 곳이 필요했다. 셀카를 찍고 비밀번호로 잠가 사진을 못 보게 하는 사람들이 종종 있는데 그럴 거면 사진을 왜 찍는지 나는 이해가 안 간다.

내 공간에 내 셀카를 옮기고 싶었다. 누구의 눈치를 볼 필요 없는 나만의 공간, 내 블로그에 내 셀카를 올리기 시작했다.

나는 사진이 잘 나오는 편인데 사진이 잘 나온다는 건 좋은 건지 나쁜 건지 잘 모르겠다. 약간의 사진 수정은 해도 포토샵으로 턱을 깎고 눈을 키우고 코를 높이진 않는다. 그것은 말 그대로 사기이다. 사진으로 사기를 치진 않지만 나도 내가 사진이 더 잘 나오는 편인걸 알기 때문에 실물을 보고 상대가 나에게 실망을 할까 걱정이 될 때도 있다. 그런 점에서 사진이 잘 나온다는 건, 좋은 건지 나쁜 건지 잘 모르겠다. 내가 이런 고민을 하니 누군가가 나에게 그랬다. 모든 건 사진 한 장으로 끝이 라고— 분명한건 블로그를 키우는데 있어 사진이 잘 나온다는 건 나에게 엄청난 득이 되었다.

나는 내 얼굴을 잘 안다. 연예인들이 카메라 마사지를 받으면 예뻐진다고 하듯이 셀카 역시 같은 원리라고 생각한다. 셀카가 잘 나오고 싶다면 자신의 얼굴을 잘 알아야 한다. 그리고 사진도 많이 찍어보아야 한다.

나는 사진 찍는 것도 좋아하고 자기애가 강해서 일수도 있지만, 제품을 포스팅할 때도 내 얼굴을 같이 올리는 편이다. 립스틱 제품일 땐 반드시 올린다. 그렇게 되면 제품에 대한 신뢰도 생기고 제품의 느낌을 생생하게 알 수 있다. 또한 메이크업 제품들은 발색력과 전체적은 분위기가 중요하기 때문에 꼭 제품을 사용한 후에 셀카를 함께 올린다.

블로그는 셀카에 대한 나의 욕구를 해소해주는 동시에 나만의 일기장 역할을 한다.

내 일상을 기록하고, 내 감성을 담을 수 있는 공간이 생겼다.

나는 누구의 눈치를 볼 필요 없이 사진과 글을 올릴 수 있는 내 블로그가 있다는 사실이 지금도 행복하다. 또한 블로그를 통해 커리어를 쌓고 성장해나가는 나를 기록할 수 있어 행복하다.

뷰티블로거를 꿈꾸는 욕심 많은 '잡'블로거

블로그를 한다고 하면 나보고 어떤 분야의 블로거냐고 물어보는 사람들이 많다. 그때마다 나는 고민을 한다. 나는 뷰티 블로거인가, 일상 블로거인가, 맛집 블로거인가…….

나도 잘 모르겠다. 한 분야만 전문적으로 하는 것이 좋다고 하지만 나는 욕심이 너무 많다. 모든 것을 기록하고 싶어 일기를 대신해 나의 하루의 일과를 기록하기도 한다. 하지만 확실한 건 나는 좀 더 고퀄리티의 뷰티블로거로 성장하고 싶다는 것이다.

K-beauty와 K-문화가 전세계적으로 유명해지고 있는데, 이 틈을 타 나도 빠르게 성장하고 싶다. 인터넷에선 공간적 제약이 적기 때문에 내가 연예인이나 유명한 사업가가 아니라도 나를 알릴 수 있는 방법이 많다. 요즘은 유투브 블로그가 뜨고 있는 추세이기 때문에, 좀 더 노력하여 나도 유투버로 활동하는 것이 2015년 목표이다.

블로그를 시작했던 초기에는 내가 가지고 있는 화장품이 별로 없었다. 그래서 자연스레 맛집과 일상 위주의 포스팅을 하였다. 맛집포스팅은 사람들을 꾸준히 내 블로그로 유입하게 하는 힘이 있었다. 뷰티 블로거가 되고 싶었지만 초기엔 포스팅할 제품이 없었다. 그래서 일상과 맛집포스팅으로 1000명대의 블로그로 키워나간 것 같다.

지금은 일상생활에서 쓰는 파운데이션이 5개나 되고, 나한테 어떤 제품이 있는지 모를 정도로 화장품이 많아졌다. 책장을 책 대신 화장품으로 가득 채웠지만, 당시엔 에스티로더 더블웨어 파운데이션과 아빠가 사준 바비브라운 아이섀도와 맥 쉐이딩 제품으로 만족하는 정도였다. 뷰티에 대한 포스팅 소재가 없었기 때문에 내 일상을 소재로 한 포스팅을 시작했다. 블로그를 시작하는 초기에는 오히려 맛집과 일상을 꾸준히 올리는 것이 블로그를 키우는 하나의 방법인 것 같다.

자취생활, 먹방, 일상, 취업, 면접 등을 소재로 한 내용들을 포스팅하기 시작했다. 같이 책을 쓰고 있는 제이영 언니와 콩슈니 언니 블로그와 내 블로그의 차이점이 바로 그 점이다. 언니들은 처음부터 뷰티 블로그로 시작했지만 나는 일상블로그로 시작을 했다. 뷰티만 하기엔 내가 하고 싶은 소재가 너무 많았다.

솔직히 말하면 뷰티를 하고 싶었지만 제품도 없었고 하는 방법도 몰랐다. 그래서 일상 위주로 포스팅을 했다. 일상포스팅은 화장품이 필요한 것도 아니고 전문지식이 필요한 것도 아니라 포스팅하는 방법은 어렵지 않았다.

아르바이트, 취업, 면접, 자취생활 포스팅을 하면서 방문자 수 26명에서 어느 순간 200명이 되었고, 500명 넘었다. 한순간에 1000명까지 올랐다. 꾸준히 하다 보니 방문자가 어느 순간 1000명이 넘게 되었다. 방문자 수가 늘자 블로그에 더 큰 재미를 느끼게 되었다. 특히나

면접 후기와 자취생활비 포스팅은 사람들에게 큰 반응을 얻었다. 아마 나와 비슷한 처지의 사람들이 많아 많은 공감을 얻어 낸 것 같다.

1000명이 넘어가자 체험단 기회도 많아졌다. 블로그가 조금 유명해지면 체험단 기회가 굉장히 많아진다. 처음에는 내가 선택할 수 없고 선택 받아야하는 입장이지만 조금만 커지면 내가 선택을 할 수 있게 된다. 그러면서 자연스레 포스팅 소재도 다양해지고 블로그로 인해 바빠지기 시작한다.

그전까진 아무에게도 블로그를 하고 있다는 사실을 알리지 않았는데 1000명이 넘으면서 페이스북에 블로그를 한다고 알렸다. 그 당시엔 하루 평균 방문자가 1200~1500명 정도 되었다. 맛집과 일상 위주라 검색유입이 다양했다.

처음에는 뷰티와 관련된 포스팅이 거의 없었다. 이웃도 몇 명 없었고 블로그 하는 방법도 몰랐다. 블로그가 점점 커지자 욕심이 났다. 생각해낸 방법이 벤치마킹이었다. 파워블로거들의 블로그를 돌면서 그 사람들의 블로그 레이아웃은 어떤지, 어떤 식으로 포스팅을 하는지 파악했다. 나보다 나은 사람들을 보며 블로그 공부를 하고 있다. 이 사람은 어떤 식으로 포스팅을 하는지, 내가 마스카라를 포스팅할 건데 이 사람은 어떻게 했는지, 음식 포스팅은 어떤 식으로 하는지 보면서 나는 어떻게 포스팅하고 싶은지 생각을 하며 포스팅을 하게 되었다.

처음에는 아무 생각없이 되는대로 포스팅을 했었는데, 지금은 노트
에 내가 어떻게 포스팅을 할 것인지 구상을 하고 그림을 그려가며 포
스팅을 하기 시작했다.

내가 모르면 다른 사람을 통해 배우면 된다. 따라하다 보면 어
느 순간 나만의 색깔을 찾게 된다. 나는 그렇게 내 블로그를 나
만의 색깔로 채우기 시작했다.

현재는 뷰티포스팅이 많이 늘어났지만 100% 뷰티 블로거라 말 할
수 없다. 하지만 나는 뷰티 블로거가 되고 싶다. 뷰티를 공부하여 조
금 더 신뢰감 주는 고퀄리티의 뷰티 블로거가 되고 싶다. 하지만 그러
기엔 나는 욕심이 너무 많다. 아마 나는 계속해서 뷰티블로거를 지향
하는 다양한 소재의 '뷰티', '잡'블로거로 모든 면에서 레벨업하는 사
람이 되고 싶다.

내 인생의 길을 바꾸어 놓은
스타뷰티쇼

2월의 어느 날, 중학교 동창으로부터 연락이 왔다. 중학교 땐 꽤 친했던 사이었지만 고등학교가 갈리고 자연스레 멀어진 친구였다. 내가 페이스북에 올려놓은 내 블로그를 봤다며 자신이 스타뷰티쇼란 프로그램 막내 작가로 일하고 있는데, 겟잇뷰티와 달리 고정 방청객인 뷰티스트를 뽑는다고 했다. 나보고 그 '뷰티스트' 면접을 보러 오라는 연락이었다.

매회 출연료와 20만원 상당의 화장품을 선물을 준다고 했다. 나는 전화를 끊고 잠시 고민했다. 고민 후 그날 오후 면접을 보러 가겠다고 친구에게 연락을 했다. 이제 와서 밝히는 사실이지만 나는 스타뷰티쇼 시즌4 막내 작가였던 함보라 작가와 친구이다. 하지만 작가가 내 친구라고 해서 내가 뷰티스트 1위를 하고, 방송참여 기회를 얻은 것은 아니다. 나도 다른 뷰티스트들과 똑같이 면접을 통해 뷰티스트 활동을 하게 되었다. 다만, 내가 선물을 받고 방송 촬영의 기회를 얻었을 경우, 작가 친구라서 혜택을 받았다는 소리가 나올까봐 지금까지 어느 뷰티스트에게도 말하지 않은 것이다. 혜택보다는 작가가 친구라서 시즌4 방송녹화 첫날 쌩얼 공개 부탁을 거절하지 못했다.

설레고 긴장되는 마음으로 방송에 참여하게 되었는데 첫 회부터 클

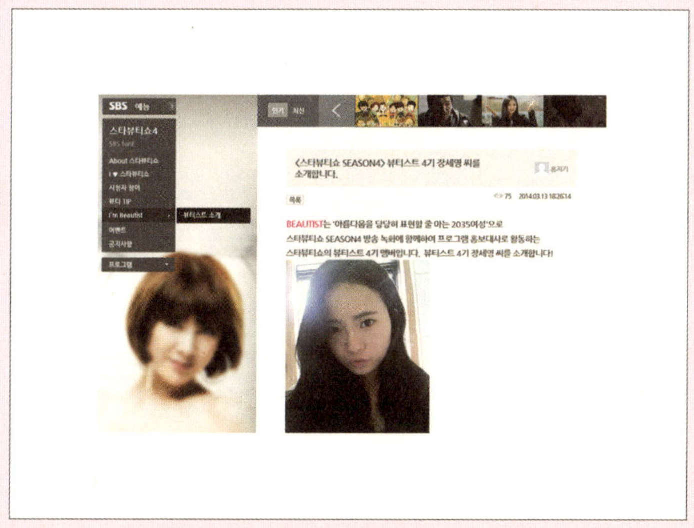

출처: SBS FunE 스타뷰티쇼 공식 홈페이지
http://program.sbs.co.kr/builder/
programMainList.do?size=normal&pgm_id=22000002521

렌징을 시키더니, 방송을 위해 샀던 원피스를 입고 나만 붉은 민낯으로 방송에 참여하게 되었다.

PH 지수를 측정하는 단 10초를 위해 처음 봤던 뷰티스트들 내가 안쓰러웠는지 싫으면 거절하라고 했지만, 거절할 수 없었다. 첫 방송 녹화를 위해 원피스도 사고 속눈썹도 붙였는데, 깨끗하게 지워달라는 작가님 말에 방송내내 우울했던 기억이 난다.

처음보는 사람들 앞에서 쌩얼 공개를 했던 이유는 막내 작가가 내 친구였기 때문이었다. 사실 이제와서 하는 말이지만, 그날 다른 작가님이 "세영씨 보라친구니깐 쌩얼공개 부탁 좀 할게요."라고 했을 때 "아… 알겠습니다."라고 바로 대답은 했지만, 시간이 지날수록 민낯에 대한 부담감이 내 어깨를 짓눌렀다. 도저히 못 할 것 같다고 친구인 보라 작가에게 말하러 갔는데 보라가 울고 있었다. 결국 울고 있는 보라에게 아무런 말도 하지 못하고 나는 클렌징 티슈로 메이크업을 지우고 속눈썹을 뗐던 기억이 난다.

이제와서 생각해보면 쌩얼을 공개해달라고 했을 때 내가 선뜻 하겠다고 했었기 때문에 제작진 분들이 나를 좋게 봐주신 것 같다.

물론 내가 속으로는 못하겠다고 보라를 찾아가긴 했지만, 결국 입 밖으로 말하지 않았기 때문에 나는 더 많은 기회를 얻을 수 있었다. 쌩얼 공개 역시 하나의 기회였다. 쌩얼 공개 이후 방송에 참여하지 못하면 어떡하지란 걱정이 되었지만, 개인사정으로 2번의 녹화에 빠진 것 외에 시즌4 녹화에 모두 참여했다.

감사하게도 녹화내내 불러주셔서 정말 즐겁게 녹화를 할 수 있었고 인터뷰도 할 수 있었다. 뷰티에 대한 지식이 늘었고 소소한 용돈벌이도 하였다. 뷰티스트들이란 새로운 인적 네트워크가 생기면서 다양한 분야의 경험을 하게 되었다. 뷰티스트 대부분이 쇼호스트, 아나운서, 리포터를 준비하는 분들이라 친해진 뷰티스트들을 통해 화보지면 촬영, 방송 녹화, 홈쇼핑 참여 등 새로운 분야의 경험을 할 수 있었다. 그리고 무엇보다 가장 좋았던 점은 화장품이 많아졌다.

녹화를 하고 집에 돌아갈 때마다 내 손엔 화장품이 가득했다. 자연스럽게 화장품이 많아지면서 나는 화장품을 포스팅을 하기 시작했다. 스타뷰티쇼에서 받은 상품은 아니지만, 1500원짜리 에보니 펜슬을 포스팅한 이후 방문객이 4000명 가까이 늘어나게 되었다. 일상, 맛집 포스팅은 검색유입의 한계가 있는데 에보니 펜슬로 방문자 수가 급증하였다. 스타뷰티쇼 방송에 맞춰 제품 포스팅할 땐 방문자 수가 더 증가하였다. 뷰티의 힘을 몸소 느꼈다.

스타뷰티쇼를 하면서 '짱세일상'이란 블로그를 더욱 튼튼하게 만들었고 뷰티에 관심이 생겼으며 남들이 하지 못하는 다양한 경험들을 하게 되었다. 아마, 평생 '스타뷰티쇼'란 프로그램 제작진 분들에게 감사한 마음으로 살아갈 것 같다.

스타뷰티쇼는 나에게 세렌디피디serendipity이다.

뷰티블로거 입문
'에보니 펜슬'과 '스타뷰티쇼'

처음에 나는 소소한 일상을 포스팅하는 일상 블로거였다. 그때는 방문자가 많이 들어오면 1000명~1500명 정도였다. 뷰티의 힘을 느끼게 된 계기가 바로 '에보니 펜슬'이다. 1500원짜리 '에보니 펜슬' 하나로 방문자 수가 3800명~4000명까지 급상승하게 되었다. '에보니 펜슬', '일자눈썹 그리기'로 검색하면 상위 노출이 되는 바람에 검색어 1~5위가 모두 아이브로우와 관련된 검색어였다.

2014년 3월 에보니 펜슬을 포스팅한 이후 총 방문자 수가 73887명으로 44% 상승했다. 페이지뷰도 49%나 상승했다. 3월 검색유입을 살펴보면 아이브로우와 관련된 검색유입이 총 76.1%이다.

아이브로우 하나로 방문자 수가 크게 늘자 업체에서 상품 품평을 해달라는 연락이 오기 시작했고 3월 스타뷰티쇼를 시작하게 되었다.

뷰티는 내 블로그를 키우는 결정적인 역할을 해주었다. 또 방송의 힘 역시 무서웠다. 스타뷰티쇼 방송이 끝나면 그 회에 나왔던 제품과 메이크업 방법이 항상 검색어 유입 순위에 있었다. 다양한 제품들을 접해보면서 나는 완벽하게 뷰티만을 전문으로 하는 뷰티블로거는 아

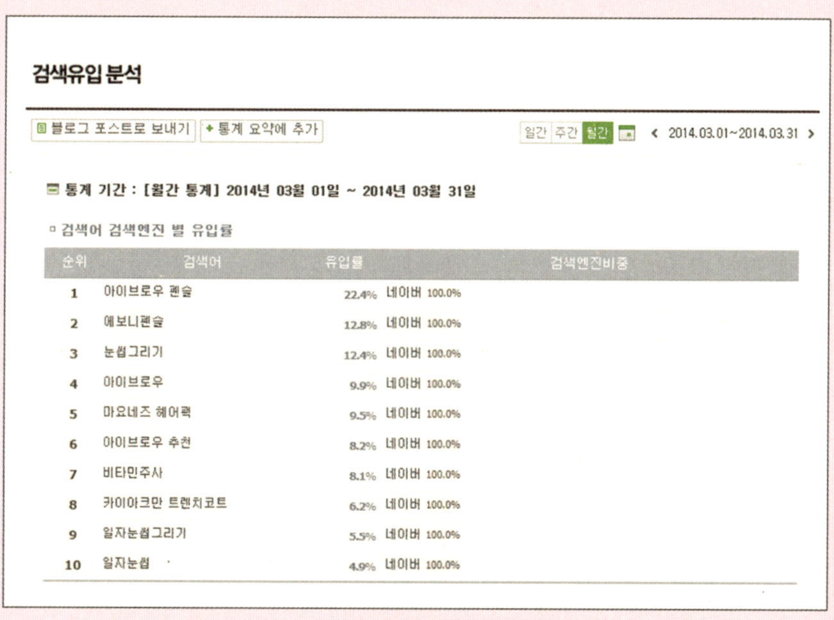

에보니펜슬 포스팅 이후 전달대비 방문자수 40% 이상 증가

3월 한 달 검색유입분석, 에보니펜슬 관련 검색 유입 10개 중 7개 차지

순위	검색어	유입률	검색엔진비중	
1	나비팩	25.1%	네이버 100.0%	
2	올리브영 나비팩	21.2%	네이버 96.7%	다음 3.3%
3	CNP 차앤박 필링	14.5%	네이버 100.0%	
4	바이오오일	9.9%	네이버 100.0%	
5	바비브라운 아트스틱	7.5%	네이버 100.0%	
6	바비브라운 할로우레드	6.7%	네이버 98.1%	다음 1.9%
7	이마 보톡스 후기	4.3%	네이버 100.0%	
8	에보니펜슬	3.8%	네이버 100.0%	
9	비타민주사후기	3.5%	네이버 100.0%	
10	바비브라운 할로우 red	3.4%	네이버 100.0%	

9월 나비팩 검색유입 현황

니지만 점차 뷰티블로거로 거듭나게 되었다.

　네이버 블로그는 통계에 들어가 검색유입 분석을 통해 일간, 주간, 월간으로 사람들이 어떤 검색어를 통해 내 블로그에 들어왔는지 알 수 있는데 나는 매일 아침 전날 검색어를 확인하는 버릇이 있다.

　2014년 9월 24일은 올리브영 브랜드 세일이 끝났을 때다. 그 당시 핫했던 일명 나비팩으로 나의 블로그를 방문한 사람들이 46%가 넘었다. 그때그때 상황을 잘 파악하고 포스팅을 하면 방문자 수는 증가한다. 일상포스팅을 10개를 했을 때 그 검색유입보다 뷰티포스팅 3개의 검색유입이 더 많은 사람들을 내 블로그로 끌어드린다.

　지금은 스타뷰티쇼가 방송이 끝난 상태라 스타뷰티쇼로 들어오는 유입은 적지만, 에보니 펜슬은 여전히 일간, 주간, 월간 10위 안에 드는 유입률을 자랑하고 있다.

스타뷰티쇼를 통해 뷰티블로거로 거듭난 짱세

스타뷰티쇼는 나의 뷰티상식을 늘려주었고, 다양한 제품들을 접하게 해주었다. 공무원 김어진팩인 '마이뷰티다이어리', '낫츠' 내숭비비, 2013년 안티에이징 크림 1위였던 키엘 '수퍼 멀티 코렉티브 크림', 맥 '미네랄라이즈 리치 립스틱', 바비브라운 '리치립칼라' 등 다양한 상품을 사용해보고 사용 후기를 블로그에 포스팅을 하면서 내 블로그 내에서 뷰티의 영역을 넓혀갔다.

그래도 다행이었던 것은 그 전에 블로그를 조금씩 했었기 때문에 내가 포스팅했을 때 내 포스팅 글이 3페이지 내엔 있었다. 상위 노출이 되었던 제품들도 있고 거의 앞쪽 페이지에 있었기 때문에 스타뷰티쇼는 내 블로그를 키워준 결정적인 역할을 하였다. 사람들이 방송이 끝나면 방송과 관련된 메이크업이나 제품을 많이 검색을 하기 때문에 스타뷰티쇼 방송이 나간 날은 방문자 수가 증가하였다.

나는 욕심이 많기 때문에 화장품 제품만을 포스팅하는 것은 아니었다. 메이크업, 에스테틱, 피부과, 성형외과 등 뷰티와 관련된 전반적인 분야를 포스팅했다.

블로그를 시작하면서 예뻐졌다는 말을 많이 들었는데 아마 방송도 하고 뷰티와 관련된 상식이 늘고 꾸준한 자기관리를 통한 노력의 산물이라고 생각한다. 뷰티블로거는 나를 꾸밀 수 있는 좋은 기회를 얻을 수 있다.

사실 자취생이자 취업준비생이었던 나는 그 많은 제품들을 자비로 사라고 했으면 부담이 되어 사지 못했을 것이다. 30ml 제품 하나에 보통 4~5만원이고, 비싼 제품들은 10-20만원까지 한다. 립스틱 경우 3만 5천원에서 4만원이다. 한 달에 2개만 사도 벌써 10만 원 정도의 가격을 지출해야하는 셈이다. 스타뷰티쇼에서 제공해준 상품들을 보면 로드샵 제품보단 백화점 브랜드가 많았기 때문에 내 돈주고 사려 했다면 자취생인 나에게 많은 부담이 되었을 것이다. 하지만 방송을 통해 좋은 브랜드의 상품을 선물 받았고 나는 일종의 고마움의 표시로 사용 후기를 포스팅했다. 그 고마움의 표시가 내 블로그를 키우는데 결정적인 역할을 한 것이다.

스타뷰티쇼를 통해 많은 상품을 받았지만 사실 포스팅을 하지 않은 제품들도 많다. 아직까지 포스팅을 하지 않은 두 가지 이유가 있는데 첫 번째는 내 피부와 맞지 않은 상품, 두 번째는 아직 사용하지 않은 제품들이다. 방송에 나왔던 제품이라고 해서 다 좋은 제품이라고는 말할 수 없다. 방송이 끝나고 몇 개월이 지난 아직까지 포장도 뜯지 못한 상품이 내 책장을 채우고 있다. 꾸준히 쓰던 제품을 사용하고 있기 때문에 받은 화장품은 화장품 유통기한이 지나기 전엔 모두 사용할 생각이다.

아직 포스팅을 하지 못한 제품 중에는 사람들이 많이 사용하는 인기제품도 있고 그렇지 못한 제품도 있다. 방송이 끝나기 전에 포스팅을 했다면 좀 더 내 블로그를 키울 수 있는 좋은 기회였겠지만 찬찬히 다 포스팅할 생각이다.

이제는 좀 더 신랄하게 화장품에 대한 솔직한 나의 의견을 말 할 수 있다. 선물을 받았다고 해서 나와 맞지 않은 제품인데 좋다고 포스팅을 하는 것은 내 블로그를 방문하는 사람들에게 사기를 치는 것이다. 나는 사기꾼이 되고 싶지는 않다. 아직 포스팅을 하지 못한 상품도 솔직하게 포스팅할 생각이다.

화장품의 경우 피부타입에 따라 호불호가 갈린다. 많은 사람들이 블로그를 보고 구매를 결정한다. 90%의 사람들이 좋다고 했어도 보이지 않는 10%의 사람들은 그 제품이 맞지 않을 수도 있다. 나는 사용했을 때 사용감이 좋지 않았는데 이 제품을 협찬 받았다고 해서 좋은 점만 쓰는 블로거가 되고 싶지는 않다.

모공축소팩으로 유명한 모팩의 경우, 모든 사람들이 다이나믹한 효과에 혀를 내둘렀다. 하지만 나와는 맞지 않은 제품이었다. 내가 쓴 포스팅에는 좋은 글이 하나도 없다. 왜냐하면 개인적인 리뷰이기 때

문에 내가 느낀 그대로를 사실대로 적었다. 하지만 업체에서 신기하
게도 그 포스팅을 보고 다른 제품을 나에게 무상으로 협찬해주었다.
나는 앞으로 정직하고 솔직한 블로거로 남고 싶다.

제품 테스트 진정성 있게 포스팅하는 짱세만의 방법

화장품을 포스팅하기 시작했던 초기에는 감이 없다보니 이 블로그, 저 블로그에서 짜깁기 아닌 짜깁기를 했다. 하지만 포스팅을 하면 할 수록 나만의 포스팅 방법을 찾아가기 시작했다.

나의 포스팅 방법은 다음과 같다.

1. 포스팅 상품은 3일 이상 반드시 사용해 본다.
2. 포스팅하기 전 새 제품의 사진을 찍어 놓는다.
3. 내 얼굴을 적극적으로 이용한다.
4. 사용 후 느낀 점을 최대한 솔직하게 적는다.

립스틱&색조메이크업

립스틱과 색조메이크업 제품들은 발색력도 중요하지만 메이크업 전체의 느낌이 더 중요하다고 생각한다. 그렇기 때문에 나는 반드시 메이크업 전체의 느낌을 담을 수 있는 사진을 첨부한다.

바비브라운 리치립칼라 타페타

로레알 립라커 304 색상

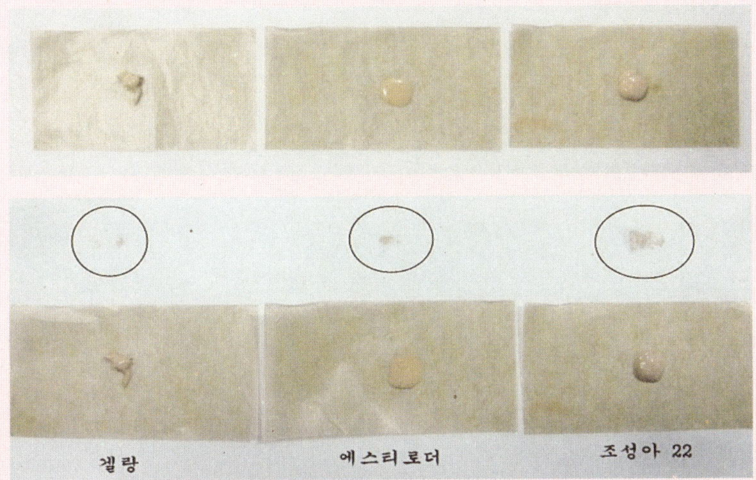

겔랑　　　　　　에스티로더　　　　　　조성아 22

바비브라운 리치립칼라 타페타

파운데이션

파운데이션이나 CC크림, 베이스제품의 경우는 건성피부와 지성피부의 호불호가 조금씩 다르다. 얼굴에 붉은 기가 많고 복합성 피부인 나는 잡티와 붉은 기를 가려주어야 하기 때문에 가장 중요하게 생각하는 기능은 커버력인데 건성피부를 가진 사람들은 촉촉함을 가장 중요시하게 생각한다. 그래서 건성피부의 입장과 지성피부의 입장의 느낌을 다 적으려고 노력한다.

기초제품&팩 종류

블로그를 하면서 입소문의 중요성을 직접적으로 느낀 적이 한 두 번이 아니다. 모두가 좋다고 입소문이 나기 시작하면 여자들의 심리상 구매하여 사용하게 된다. 나도 물론 같은 여자이기 때문에 여러 번 당한 적이 있다. 입소문이 잘난 제품의 경우 블로그 후기를 살펴보면 좋은 글 밖에 없다. 나는 최대한 솔직하게 사용 후 느낌을 적는다. 모공수축팩으로 유명한 제품의 경우 모두가 다이내믹하게 모공수축의 효과를 봤다고 적힌 글을 보고 나도 사용해봤지만 오히려 피부가 예민한 나는 트러블만 잔뜩 올라오게 되었다. 화장품은 입소문도 중요하지만 입소문만 믿고 구매하기 보단, 내 피부에 맞는 제품을 사용하는 것이 가장 중요한 것 같다. 지금 핫한 제품이라고 해서 좋게 쓰는 것보다 솔직하게 적는 것이 장기적으로 봤을 때 내 블로그에 가장 도움이 된다고 생각한다.

에스테틱 & 메이크업 & 미용실

내가 느꼈던 느낌을 솔직하게 적는다. 에스테틱이나 메이크업, 미용실은 협찬이 많다. 그들도 블로그 마케팅을 하기 때문에 블로거들을 초대하여 영업을 많이 하는데, 기억에 남을 정도로 별로였던 곳은 없었다. 블로거로 갔다가 오히려 내 돈주고 패키지를 끊을만큼 좋았던 곳은 많았다. 어쨌든 중요한 것은 솔직함!

　나도 모르게 많은 사람들이 내 블로그를 보고 업체를 방문한다고 한다. 그렇기 때문에 최대한 거짓없이 솔직하게 적어야한다. 기억에 남는 에피소드가 있는데 메이크업 샵 포스팅을 했는데, 내 블로그를 보고 많은 사람들이 예약했다는 말을 원장님께 들었다. 그것만으로도 기분이 좋았는데 내 사진까지 프린트해와서 똑같이 메이크업 해달라고 했던 분도 있었다고 했다. 그렇기 때문에 협찬을 받았더라고 책임감을 가지고 거짓없이 포스팅을 하려고 노력한다.

행복했던 그날 밤,
서인영의 스타뷰티쇼
뷰티스트 1위

대학교를 졸업한 이후 이상하게 자꾸 꼬여만 가던 내 인생을 실타래 풀 듯 풀어놓은 것이 바로 '스타뷰티쇼'이다. 학교를 졸업하고 성취감을 느껴본 적이 없다. 오랜 취업준비는 나를 어둡고 우울한 사람으로 만들어놓았다. 항상 자신감에 차 있던 난데, 언제부턴가 주눅들어 있었고 나에 대한 자신감이 사라졌다. 하지만 서인영의 스타뷰티쇼 발대식이 있던 3월 1일 이후, 나는 조금씩 원래의 장세영을 찾을 수 있었다.

스타뷰티쇼는 내 삶에 활력을 불어넣어 주었다.

매주 화요일 100명의 뷰티스트들과 함께 하는 본방사수는 어떤 드라마보다 재미있었다. 무엇보다 좋은 점은 뷰티스트들의 뷰티 노하우를 공유하고 지식을 공유하여 뷰티 상식이 늘었다는 점이다. 누가 시켜서 하는 것이 아닌, 내 자의로 매주 본방사수를 하였다. 블로그 활동, 제품 포스팅, 본방사수, 모든 방송 활동을 토대로 방송에 참여할 기회가 주어지기 때문에 열심히 했다. 첫 방송이 시작되기 전, 발대식에서 피디님이 뷰티스트 어워즈를 할 것이라고 말씀을 하셨을 때 그게 내가 될 줄은 상상도 못했다. 영광스럽고, 짜릿하고 행복한 밤이었다.

스타뷰티쇼 녹화 장면

약 200만원 상당의 화장품 박스가 나에게 안길 것이라곤 상상도 못했다. 그날 밤은 어마어마한 선물 박스 덕분에 집에 택시를 타고 가야 했다. 상암동에서 집까지 꽤나 먼 거리라 택시비가 많이 나왔지만 그날은 그마저 나에게 행복함을 느끼게 해주었다.

정말 오랜만에 느껴본 성취감과 행복함이었다. 선물박스는 단순히 화장품박스가 아닌 성취감이었다. 나는 성취감을 끌어안고 집으로 돌아갔다. 그날 밤 나는 오랜 취업 준비로 망신창이가 되었던 자신감을 되살렸다.

대학교 졸업 후 낙오만 했던 내가 예쁜 뷰티스트들을 제치고 1위를 하였다. 100여 명의 뷰티스트들을 제치고 1위가 된 순간, 어두운 터널에서 빛을 본 느낌이었다.

"설마 내가 되겠어?"라고 생각은 하면서도 맨 앞 줄 가운데 자리에 내 자리가 배치된 것을 보고 자꾸 기대하게 되었다. "설마…나?" 살짝 기대가 되었다.

하지만 넘을 수 없는 ONE TOP 자영 언니가 있고 수진 언니, 혜연이, 어진이의 블로그가 무섭게 커져서 애써 기대하지 않으려고 하였나. 발표 시간이 되니 미친 듯이 가슴이 두근거렸나. 심장이 밖으로 튀어나올 것만 같았다.

　MC들이 '장세영 뷰티스트'를 호명하는 순간 다리가 후들거렸고 나도 모르게 소리를 질렀다. 무대 중앙으로 나갔다. 200만원 상당의 화장품도 물론 감사하지만 잃어버렸던 나를 찾을 수 있게 해준 스타뷰티쇼에게 너무 감사했다. 뷰티스트 1위가 된 그날 밤은, 나 자신을 되찾은 시간이었다.

　그날 밤 감격에 겨워 잠이 들었다. 그 다음 날 나에게 쓸모없는 토익 책을 빼고 화장품을 전시해놓았다. 책장 4칸을 다 화장품으로 채웠다. 5개월이 지난 지금도 사용하지 못한 화장품이 많다. 전시되어 있는 화장품을 보면 행복하다. 지금은 블로그를 하면서 그 당시보다 화장품이 더 많아져 과부하 상태지만 눈에 가장 잘 보이는 칸엔 스타뷰티쇼에서 받은 화장품을 전시해놓았다. 많은 지인들이 책장 가득 화장품을 전시한 것을 보고 부러워했다. 우리 집에 놀러온 사람들은 하나같이 내가 가지고 있는 많은 화장품에 놀라곤 한다. 반응이 너무 재밌다. 이 제품들은 단순히 나에게 제품으로서의 역할만 하는 것이 아니라, 나의 꿈이다.

　사람은 우연치 않은 계기로 발전하고 변한다. 나에겐 스타뷰티쇼 뷰티스트 어워즈 1등이 그 계기였다. 나는 나를 찾았다. 다시 밝아졌고 모든 일에 자신감이 생겼다.

할까 말까
고민이 되면 해라
목표달성

올해 내 인생의 길을 바꾸어 놓은 '서인영의 스타뷰티쇼'.

작가인 친구한테 연락이 왔을 때 정말 많은 고민을 했다. 뷰티스트라 하면 다들 예쁠텐데 그 중에 내가 살아남을 수 있을까? 이미 스타뷰티쇼는 다른 뷰티 프로그램과 달리 뷰티스트들이 예쁘다고 소문이 난 프로그램이라 겁이 났다.

정말 하고 싶었지만 하고 싶은 만큼 걱정이 많이 되었다.

하지만 해도 후회, 안 해도 후회할거면 하고 후회하는 게 낫지 않을까? 내가 다른 뷰티스트들한테 밀려, 방송 참여를 하지 못해도 어쨌든 나는 뷰티스트가 되는 것이니 나에게 해가 될 것은 없었다.

'할까 말까 고민일 땐 해라.' 내 좌우명이기도 하다. 결국 하기로 결정! 안 하고 후회할 경우 그 후회는 평생가지만 하고 후회하면 그 후회에 대한 미련은 없기 때문이다.

김용규 PD님께서 발대식 때 언급하셨던 뷰티스트 어워즈 1등이 내가 되리라곤 상상도 못했지만 방송 중반쯤 되었을 땐 슬슬 욕심이 났다. 사실 솔직하게 말하면 처음부터 1등이 하고 싶었다. 처음에는 모든 뷰티스트들이 블로그를 시들시들하게 했었는데 중반쯤 되니 무섭게 치고 올라왔다. 내가 밀리는 순간도 종종 있었다. 그럴 때마다 위기감에 더 열심히 했다. 김용규 피디님께선 열심히 하는 사람에겐 더 많은 기회를 줄거고, 더 재밌는 일들이 일어나게 될 것이라고 항상 말씀하셨다. 정말 그 말씀 그대로 모든 상황이 벌어졌다.

내가 블로그를 시작하고, 스타뷰티쇼를 시작하면서 나는 내가 꿈꾸었던 책도 쓰게 되었고 연예인과 셀럽만 가는 행사와 파티에 초청되기도 했다. 방송출연의 기회도 늘어나게 되었고 각종 재미있는 일들이 많이 생기게 되었다.

다양한 분야의 사람들을 만나게 되었고 삶이 즐거워졌다.

예전엔 목표가 하나였다. 좋은 직장에 취직해서 좋은 남자를 만나 남부럽지 않게 사는 것, 결국에 목표는 '부'였다. 하지만 지금은 생각이 바뀌었다. '부'는 내 삶을 윤택하게 만들어줄 순 있지만 '행복'을 보장해주진 않는다. 나는 지금 일정한 수입은 없지만 행복하다. 다양한 경험을 하고 있고 공부를 하고 있다.

내가 좋아하는 일을 하다보니 수입이 많은 편은 아니지만 소소한 용돈 벌이 정도는 하고 있고 무엇보다 스트레스 받지 않고 내 인생을 즐기면서 나는 내 길을 찾고 있다. 어른들이 말씀하시길 자기가 좋아하는 일을 하다보면 어느 순간 수입이 생긴다고 했다. 예전엔 내 인생의 목표가 '부'였다면 지금은 '행복'으로 바뀌었다.

블로그를 하면서 내가 좋아하는 일이 무엇인지 확실히 알게 되었다. 앞으로의 목표는 전문적인 뷰티블로거가 되는 것과 뷰티시장에서 필요한 인재로 성장하는 것이다. 지금은 부족하지만 좀 더 영향력 있는 블로거로 성장하고 싶다. 내 블로그를 보고 많은 사람들이 뷰티를 쉽게 느낄 수 있게, 뷰티와 친해질 수 있도록 하는 것이 내 목표이다. 뷰티는 공부하면 공부할수록 재미있는 분야이고 나에게 행복함을 준다. 전문적인 뷰티블로거가 될 수 있도록 열심히 할 생각이다.

내 인생의 목표를 '행복'으로 두고 행복한 삶을 살기위해 나는 내 인생을 즐길 것이다. 하루하루가 너무 재밌고 다이내믹하다. 나는 내가 좋아하는 일을 하며, 커리어를 쌓고 있다. 지금은 비록 수입이 적지만 돈 없어도 행복하다는 그 말뜻을 블로그를 통해 알게 되었다. 나만의 커리어를 만들어 결국엔 내가 원하는 곳에 필요한 인재로 성장하게 될 것이라 확신하다.

돈이 아니라 행복과 즐거움을 추구하는 요즘, 내 인생의 진정한 주인이 된 느낌이다.

블로그
취업 스펙이 되다
내 생애 첫 인턴생활기

K-beauty의 위상이 높아지고 블로그와 스타뷰티쇼를 하면서 자연스럽게 내 관심은 화장품이 되었고, 화장품 기업에까지 관심이 생기게 되었다. 그 전엔 한 우물만 파는 성격이라 2년 넘게 승무원 준비만 했다.

최종에서 떨어지면 더 미련을 못 버리게 된다. 그렇게 시간을 보내고 이력서 한 줄 채울 경력이 없던 나는 대한민국 No.1 health & beauty store 올리브영에 도전하게 된다. 사실은 압박감에 시달리고 있었다. 뭐라도 하고 있어야 할 것 같아 지원을 하게 되었다. 뷰티에 대한 관심이 많아지고 있었기 때문에 다양한 상품에 대해 배울 수 있을 것이라 생각한 곳이 올리브영이었고, 내 인생의 발판을 삼을 수 있는 곳이란 생각이 들었다. 일반 기업 면접은 처음이었다. 면접 비를 받은 것도 처음이었다.

자기소개서에 스타뷰티쇼 뷰티스트 활동과 블로그에 대해 녹여 썼고 면접 당시 그 경험에 대한 질문을 받았다. 뷰티스토어니깐 내가 했던 스타뷰티쇼 뷰티스트 활동과 뷰티블로그 경험이 좋은 인상을 주었다고 개인적으로 생각한다. 면접 후 6월부터 인턴을 시작하게 되었다.

올리브영을 굉장히 좋아했던 나는 꿈에 부풀어 있었다. 올리브영은 내가 좋아하는 회사이고 다양한 상품을 취급하는 곳이라 화장품을 공부하는데 많은 도움이 될 거라고 생각했다. 내가 하고 싶었던 일은 마케팅과 홍보 쪽이라 이곳에서의 경험이 나에게 많은 도움이 될 거라고 생각하고 출근을 했는데 생각과 다른 업무였고 체력적으로 너무 힘들었다.

유통과 판매가 주업무였다. 고객의 입장에서 올리브영은 천국이지만 사회생활을 처음 하는 나는 한 달 동안 울면서 퇴근을 해야 했다. 두 마리 토끼를 잡고 싶었다. 나를 성장시키기 위해 인턴과 블로그를 하는 것이었기 때문에 어느 것 하나 놓치고 싶지 않았다. 스케줄 근무라 퇴근 시간이 일정하지 않았지만 평일엔 쉴 수 있었다. 보통 런칭행사나 업체 행사의 경우 평일인 경우가 많다. 그래서 나는 인턴을 하는 동안 갈 수 있는 행사엔 거의 다 참여를 했다.

첫 발령지에서의 점장님께선 항상 퇴근 시간을 지켜주셨기 때문에 GS홈쇼핑 패널겸 블로거로 활동을 할 수 있었다. 올리브영은 생각보다 노동강도가 강한 곳이었다. 첫 발령지는 고객이 굉장히 많았던 매장이라 물류도 많았다. 물류 정리하고 고객 상대하고 런칭파티, 홈쇼핑 패널 활동까지 했다. 홈쇼핑 방송이 끝나면 1시.

살은 점점 빠져갔고 블로그 할 시간과 체력이 부족했다. 하지만 인턴 때문에 블로거로서의 활동을 못하게 되는 것은 싫었다. 나는 할 수 있는 한 최선을 다했다. 휴무엔 시체가 되어 잠만 잤다. 너무 피곤해서 블로그도 할 수가 없었다. 스타뷰티쇼를 하면서 6000명까지 올랐던 내 블로그가 2000명 초반까지 떨어지게 되었다. 마음이 아팠다. 일을 하면서 블로그를 하는 것은 생각보다 어려웠다. 그래도 한 달 정도 되니, 업무에 적응이 되었고 블로그를 조금씩이나마 다시 시작하게 되었다.

올리브영은 뷰티 상품이 많기 때문에 직원들을 대상으로 온라인 교육과 오프라인 교육을 시켜주는데, 나는 그 교육이 너무 재밌었다.

전략 교육 한번 다녀올 때마다 화장품을 잔뜩 안고 집으로 돌아왔다. 신기한 것은 화장품이 많아도 화장품 욕심은 줄어들지 않는 다는 것이다.

내가 하는 업무는 나와 맞지 않았지만 회사에서 시켜주는 교육은 너무 좋았다.

더모 코스메틱 화장품들은 이름이 자체가 어려운데 계속 교육을 받다보면 이름만 들어도 이 제품은 어떤 라인의 제품인지 알 수 있게 되고 교육을 받으면서 실제로 사용할 수 있어 나한테 많은 도움이 되었다.

인턴을 그만두고 가장 아쉬운 점은 교육을 받을 수 없다는 점이다. 인턴 종료와 동시에 나는 퇴사를 하였지만 인턴을 하면서 많은 것을 배웠다. 힘들었던 만큼 기억에 많이 남을 것 같다. 다양한 상품 군을 접했고 더 많은 제품에 대해 배울 수 있는 시간이었다. 인턴 교육 때 받았던 화장품들도 역시나 마찬가지로 아직도 내 책장에 책 대신 진열되어 있다.

블로그 이벤트 상품으로 쏠쏠하게 사용할 예정이다. 인턴 종료 후 일주일의 시간이 있었고 그 다음 주에 바로 백화점 입점 브랜드 회사에 홍보 마케팅 신입으로 출근을 할 예정이었다. 내가 하고 싶은 업무였기 때문에 지원을 하고 면접을 봤는데 그쪽에서 블로그경력과 스타 뷰티쇼 경력을 굉장히 좋아했다. 내가 하고 싶어했던 승무원은 1차, 2차 다 붙어도 최종에서 항상 떨어져서 나는 떨어지는 줄만 알았는데 막상 붙으니깐 실감이 안났다. 그치만 많은 고민 끝에 잠시 보류하기로 하였다. 내가 과연 잘 할 수 있을까? 걱정이 들기도 했고 블로그를 통해 경험하고 싶은 일들이 생각보다 많다는 것을 느꼈다. 물론 취업도 중요하지만 나에게 주어진 다양한 경험과 기회를 놓치고 싶지 않았다.

화장품에 대한 관심과 열정이 많다. 그쪽 분야에 대한 다양한 경험을 하고 싶다. 더 많은 경험을 해보고 입사를 할 생각이다. 인턴이 끝난 뒤, 지금까지 다양한 활동을 하고 있다. 블로그를 통해 어느 행사에 참여 하였고 어떤 선물을 받았다 내 일상을 자랑하는 것이 아니라, 내 커리어를 쌓고 있는 중이다. 더 큰 날개를 펼칠 수 있도록 더욱 열심히 노력할 것이다.

매거진과 친해져라,
쎄씨아이콘 3기 짱세

대한민국 No.1 패션&뷰티잡지인 쎄씨ceci, 누구나 한 번쯤 ceci를 접해 보았을 것이다. '영스토리' 영이 언니로부터 뷰티블로거가 되고 싶으면 매거진과 친하게 지내야한다는 조언을 들은 지 얼마 지나지 않아 우연하게 쎄씨 20주년 트렌드 콘서트에 초대 받게 되었다.

20주년이란 역사를 지닌 만큼 나의 학창시절을 함께 해 온 쎄씨.

현재 내 키가 초등학생 때 다 자란 키라 어릴 땐 키가 꽤 큰 편이었다. 쎄씨를 자주 접했던 나는 김효진, 신민아, 공효진, 임수정, 김민희 등을 롤모델로 삼았다. 안타깝게도 중학생이 된 이후로 키가 자라지 않아 쎄씨모델에 대한 꿈은 접었지만 몇 년이 지나 꿈꿔왔던 잡지의 아이콘으로 활동하고 있다.

좋아하는 매거진 행사에 초대받고, 각 브랜드 신제품을 출시 전에 미리 체험해보고, 작성한 포스팅이 잡지에 노출되는 일은 참 매력적인 일인 것 같다. 비록 어릴 때 꿈꿔왔던 쎄씨모델은 아니지만, '쎄씨아이콘'으로 활동하게 되어 기쁘다. 쎄씨아이콘 역시 블로그를 통해 하게 된 것이기 때문에 '짱세일상'이란 내 블로그로 나는 또 하나의 경력을 만들어가고 있는 중이다.

ceci 20주년 트렌드콘서트

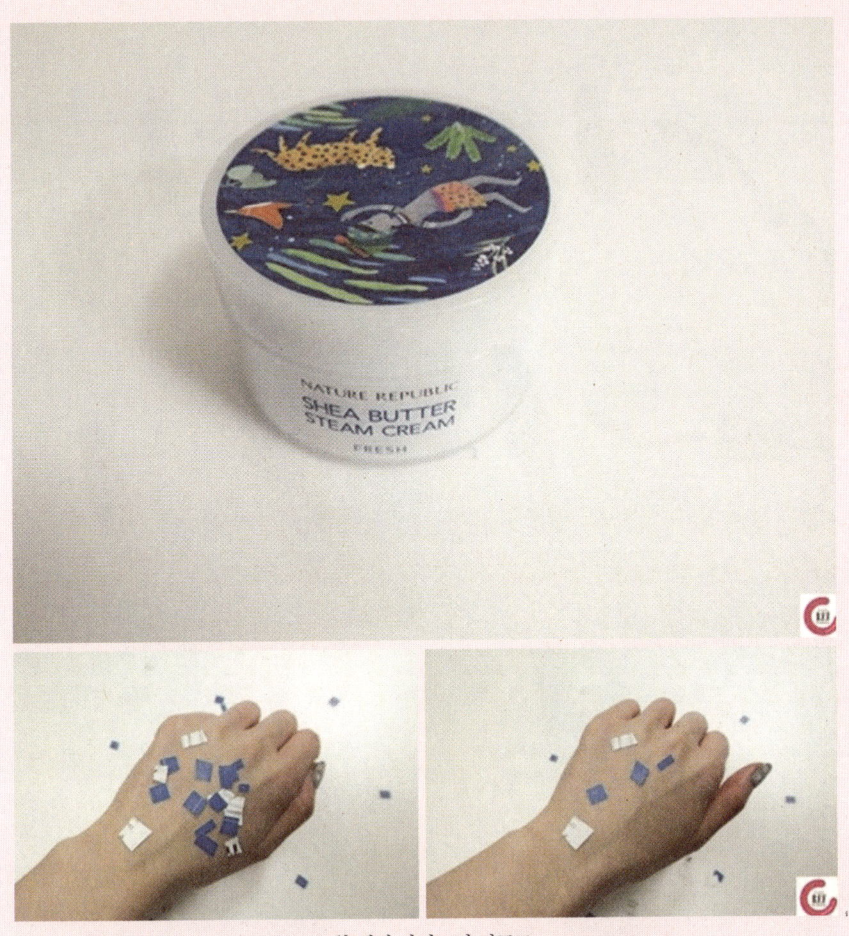

11월 쎄씨 아이코닉 기프트:
네이처리퍼블릭 '쉐어버터스팀크림' (끈적임 비교사진)

12월 아이코닉 기프트:
랑콤 '그랑디오즈 마스카라'

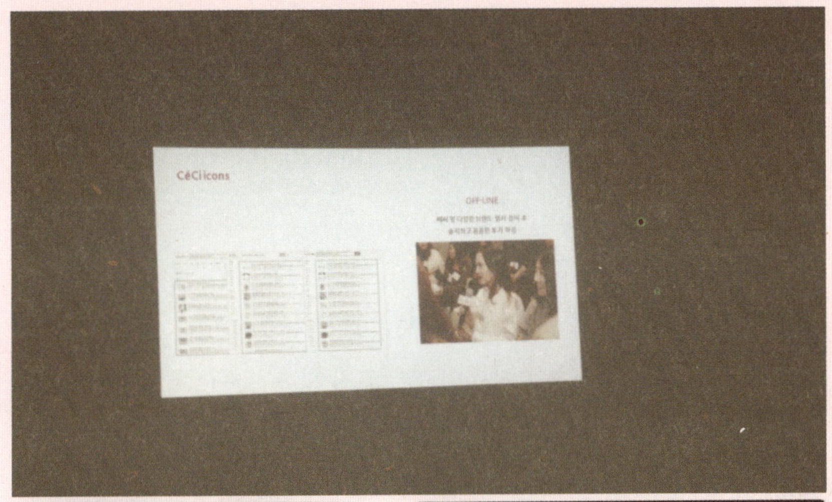

쎄씨아이콘이란?
주요 포털사이트 검색시 상위노출 100%를 차지하는 파워풀 바이럴집단.

(2014 쎄씨아이콘&BF리포터가 함께하는 쎄씨다이닝 파티에서 등장한 짱세-)

뷰티와 관련된 지식을 제일 많이 쌓을 수 있는 매체가 잡지라고 생각한다. 요즘은 스타뷰티쇼나 겟잇뷰티와 같은 뷰티프로그램과 인터넷 블로그를 통해 뷰티 상식과 지식, 그리고 각 브랜드의 제품을 쉽게 알 수 있지만, 다양하고 포괄적인 뷰티 지식을 얻기는 어렵다.

인터넷은 필요한 정보를 쉽게 찾을 수 있다는 장점은 있지만 더 많은 것을 알고 싶다면 잡지를 봐야한다. 잡지를 통해 내가 몰랐던 새로운 뷰티제품과 현재 핫한 제품이 무엇인지 알 수 있다. 또한 트렌드에 민감한 매체이다 보니 새로운 트렌드의 대한 뷰티상식을 가장 먼저 알 수 있다. 그래서 뷰티와 친해지고 싶다면 잡지를 자주 볼 것을 권한다.

내가 쎄씨아이콘이 되어 포스팅한 제품은 11월 네이처리퍼블릭 쉐어버터스팀크림과 12월 랑콤 그랑디오즈 마스카라이다. 출시 전에 먼저 사용해보고 포스팅하기 때문에 출시 이후 블로그 검색 유입이 상당하다. 요즘은 사람들이 제품을 구매하기 전에 사용 리뷰를 읽고 구매하는 사람들이 많아졌기 때문에 쎄씨아이콘은 브랜드, 잡지사, 그리고 아이콘 모두 윈-윈 할 수 있는 제도인 것 같다. 이번 쎄씨아이콘 활동을 통해 건전한 파워블로거로 성장하고 자리잡는 것이 아이콘으로서 나의 목표이다.

쎄씨아이콘은 내 꿈을 이루는 하나의 과정이다. 내가 잘 할 수 있는

일, 그리고 즐거워하는 일을 찾는데 오랜 시간이 걸렸다. 앞으로 2015
년 1년간 최선을 다해 열심히 할 생각이다. 내 꿈을 펼칠 수 있는 그
날을 위해 지금도 차근차근 준비하고 있다. 앞으로 어떤 제품을 만나
게 될지, 어떤 뷰티클래스에 초대받게 될지 기대감에 부풀어 있다.

그리고 어떤 곳에서 일하게 될지…….
보이지 않는 미래가 막막하기 보다는 설레고 두근거린다.
"난 잘 할 수 있을 거야!"

사랑해라
나를
뷰티를 모르는 여자들

이상하게 내 주위엔 예쁜 사람이 많다. 그래서 기가 눌릴 때도 많았다.

"쟤는 저렇게 예쁜데 나는 뭐지?"

그런 생각을 하면 끝도 없다. 생각을 고쳐먹기로 했다.

2ne1 노래 제목 중 '내가 제일 잘 나가'라는 노래가 있듯이 '내가 제일 예뻐'라는 생각을 항상 한다. 자신을 예뻐하고 사랑하는 사람은 자신감에 차 있다. 자신감에 차 있는 사람은 뭔지 모를 빛이 나기 때문에 얼굴이 예쁘던 예쁘지 않던 그 사람을 빛나고 아름다워 보이게 만든다.

우리나라는 뷰티강국이다. 많은 사람들이 자신을 꾸밀 줄 알고 뷰티에 대해 관심도 많다. TV를 봐도, 주위의 사람들 봐도 많은 사람들이 뷰티에 관심이 많구나 생각한다. 나는 보통의 여자들이 다 그런 줄 알았다. 하지만 '가네보케이트' 입점 행사 아르바이트를 할 때 말 그대로 컬쳐쇼크! 뷰티를 모르는 사람이 너무 많았다. 그리고 많은 사람들을 만나면서 느낀 사실 중 하나, 꾸미지 않는 여자들이 너무 많다. 그래놓고 자신은 이것이 콤플렉스다 가리기 급급하다. 아무 노력도 안하면서.

'나는 코가 못생겨서 가려야 해', '나는 입이 튀어나왔으니 가려야 해.'가 아니라 자신의 콤플렉스를 개성화시키고 자신의 예쁜 곳을 찾아서 부각시키면 된다. '나는 못 생겼어.'가 아니라 '세상에서 내가 가장 예뻐.'라고 생각해야 다른 사람도 나를 예뻐해 준다. 자신이 자신을 부정하고 예뻐해 주지 않으면 아무도 자신을 예뻐해 주지 않는다.

노력하면 예뻐진다. 돈을 들여 물리적인 힘으로 예뻐지는 방법도 있지만 내 스스로 자신을 인정하고 예뻐해야 한다. 그럼 자연스럽게 예뻐지게 된다.

뷰티는 나의 약점을 보완해주고 장점을 찾아주는 역할을 한다. 그래서 나는 뷰티가 좋다. 메이크업만으로 다른 사람으로 변할 수 있다. 나도 쌩얼과 메이크업 전 후가 다른 편이다. 내 동생 친구들이 밖에서 본 나와, 집에서 본 나를 보고 동생에게 진지하게 누나 2명이냐고 물어볼 정도로 전후가 다르다.

중학교 때 즐겨보던 케이블 프로그램 중 정확한 프로그램 이름은 생각이 나지 않지만 'MAKE-OVER'란 프로그램이 있었다. 길거리에서 못 생긴 여자나 남자를 섭외해 헤어와 메이크업, 패션만으로 'Make-over' 시켜주는 프로그램이었다. 헤어, 메이크업, 의상만으로 변신한 자신의 모습을 보며 눈물을 흘리던 출연자 때문에 인상 깊어 그런지 아직도 생생하게 기억이 난다. 그렇게 변신한 모습을 보면 자신에 대한 자신감이 생기게 된다.

세상에 못 생긴 사람은 없다. 다만 자신을 싫어하고 부정하고 노력하지 않는 게으른 사람만 있을 뿐이다. 자신을 사랑하면 예뻐지게 되어있다.

자신을 사랑하자.

연예인의 외모를 보고 기죽지 말자.

그리고 속으로 되뇌자.

"내가 가장 예뻐."

라고.

세상에서 가장 예쁘고, 아름다운 사람은 바로 '자신'이다.

자신감을 가지고 생활하다 보면 어느 순간 인생이 달라져 있을 것이다.

좋은 블로그는 나를 좋은 곳으로 안내한다

또 하나의 좋은 이력, 블로그가 가져다 준 기적

블로그가 이렇게 내 삶을 풍요롭게 만들어줄 것이란 생각을 못했다. 블로그 때문에 스타뷰티쇼도 하게 되었고 각종 방송, 파티와 행사, 뷰티클래스까지 경험하게 해주었다.

요즘은 매일 파티와 행사를 다니느라 정신이 없다. 하루하루가 즐겁다.

블로거 자격으로 홈쇼핑 패널, 업체 행사 VIP, 뷰티클래스 등.

인맥도 날로 늘어가고 있고 화장품을 사기 전에 지인들이 어떤 제품이 좋냐고 물어볼 정도로 나의 뷰티상식도 증가하고 있다.

얼마 전엔 중국뷰티프로그램인 '한국백화'란 프로그램 총 4회 녹화를 하기도 했다. 토크형식으로 기자, 전문가, 뷰티블로거 자격으로 방송 녹화까지 하게 되었다. 이 모든 게 블로그가 가져다 준 기회이다.

매일 바쁜 하루를 보내지만 지치거나 스트레스 받거나 힘들지 않다. 내 삶의 주인이 된 느낌이다. 매일 매일 블로그에 일기 대용으로 기록하고 있다. 요즘은 회사에서 포트폴리오를 요구하는 회사가 많기 때문에 내 포트폴리오를 작성하고 있는 것이다. 나중에 필요한 부분

231.

만 블로그에서 찾아서 편집하여 사용할 생각이다.

처음에 블로그를 시작할 때까지만 해도 블로그가 나에게 이렇게까지 많은 것을 경험을 하게 해줄 것이라곤 생각하지 못했는데 나날이 발전하는 모습을 볼 수 있어 즐겁고 행복하다. 뷰티클래스에 가면 뷰티트렌드에 대해 알 수 있다. 키워드나 동향을 내 노트에 적어놓는다. 나중에 내가 가고 싶은 회사에 지원할 때 좀 더 수월하게 작성하기 위해.

요즘은 매거진과도 친하게 지내려고 노력 중이다. 뷰티블로거는 매거진과 친해져야 한다는 말을 들었는데 그 말을 들은 후, 우연히 쎄씨 아이콘으로도 활동하게 되었다. 출시 전에 신제품을 사용해 볼 수 있는 기회, 정말 짜릿하다.

얼마 전에는 코스모폴린탄이 선정한 뷰티블로거 top100에 들어 행사에 다녀오기도 하였다. 기회는 왔을 때 무조건 잡아야한다.

블로그를 통해 내 인생이 어떻게 바뀔지 앞으로가 더 궁금하다.

정말 다이내믹한 2014년을 보냈다. 다가올 2015년이 더 기대된다.

앞으로 짱세일상을 통해 짱세가 어떻게 성장하는지 열심히 성장일기를 적어갈 생각이다! 남들이 쉽게 하지 못하는 경험, 그것을 통해 성장하는 짱세.

블로그가 만들어준 기적이다.

김수진 뷰티스트, 윤영은 뷰티스트, 장세영 뷰티스트
장세영&김수진
K-beauty leader 조성아 25 years party.

라비다 뷰티클래스에서 콩슈니, 제이영, 짱세

MCM VFNO

꾸준함과 성실함,
그리고 소통의 중요성

누적 방문자수가 100만이 넘었다. 아직은 애기 블로거지만, 더 열심히 하여 더 큰 블로거로 성장하고 뷰티유투버로 데뷔하는 것이 내 목표이다. 뿐만 아니라 뷰티업계에서 필요한 인재가 되고 싶다. 그렇게 될 것이라 확신한다.

나는 블로그가 좋다. 내가 블로그를 좋아하는 이유는 블로그는 내가 하는 만큼 결과로 돌아오기 때문이다. 면접이나 시험, 취직은 운도 따라주어야 하지만 블로그는 오로지 성실함!

요행을 바라고 실시간 검색어를 포스팅하거나 화제 이슈에 대해 포스팅하면 저품질에 걸려 블로그는 죽어버릴 수도 있기 때문에 내가 하고자하는 분야의 포스팅을 꾸준히 성실하게 하는 것이 답이라고 생각한다.

요즘은 회사나 기업에서 블로그 마케팅을 하지 않는 회사는 거의 없다. 블로그는 나의 성실함을 입증할 수단이 되기도 하고 다양한 경험을 할 수 있게 만들어주기도 한다.

온라인마케팅, 브랜드마케팅 분야에 지원할 경우, 블로그 서포터즈 활동, 블로그 운영경험이 플러스 요인이 되기도 하고 블로그를 해야 하는 홈쇼핑도 있다. 블로그를 운영하여 키운다는 것은 나에게 득이 되면 득이 되지 해가되는 것은 없다. 블로그가 크면 나도 같이 클 수 있다.

　누적방문자가 단기간에 100만이 되었다는 것은 그만큼 많은 사람들이 내 블로그를 방문하여 정보를 얻었다는 뜻이다. 인턴을 할 때 나를 알아봐주고 내 블로그에 댓글을 달아줬던 사람도 있었다. 블로그를 통해, 나는 알지 못하지만 사람들이 나를 알아봐준다는 것, 신기한 일이다. 그만큼 많은 사람들이 내 블로그를 들어와주었다. 지인들한테도 어떤 제품을 검색했는데 들어가 보니 내 블로그였단 소리를 많이 듣는다. 그럴 때마다 뿌듯하기도 하고 걱정이 되기도 한다.

　사람들이 내 블로그를 방문할수록 책임감이 커지기 때문이다. 포스팅도 조심스러워진다. 화장품 같은 경우, 개인의 피부상태에 따라 호불호가 갈린다. 내가 좋아도 나와 다른 피부타입의 사람이 내 블로그 후기를 보고 구매하여 사용했는데 안 맞을 경우, 내 책임이 될 수도 있다. 그렇게 되면 나는 신뢰를 잃은 블로거가 된다.

　업체의 협찬을 받고 포스팅 하는 경우, 무조건 솔직하게 사용 후기를 포스팅 해야 한다. 요즘은 솔직한 후기를 적는다. 그러나 블로그 초창기엔 제품 별론데 솔직하게 적어야하나 돌려 말해야하나 고민을 했다. 돌려 말하는 편을 택했는데 지금은 그러지 않는다. 내 블로그를 방문하는 방문자들이 많아지고 사용 후기를 보는 사람들이 많아졌기 때문에 나는 최대한 솔직하게 포스팅을 하려고 노력한다. 그래야 내 블로그가 오래 오래 살아남을 수 있기 때문이다.

블로그를 어떻게 키웠어요? 라고 물어보면 꾸준히 한 것 밖에 없다.

블로그 포스팅을 귀찮아하지 않고 사람들의 반응에 즐거워한다. 댓글을 달고 다른 이웃들의 블로그를 순회하며 정보도 얻고 댓글도 달면서 블로그를 즐기고 있다.

신기하게도 블로그 상에서 또 다른 인적 네트워크가 형성된다. 내가 쎄시 아이콘으로 활동할 수 있게 된 것도 블로그를 통한 새로운 인적네트워크 때문이다. 블로그 이웃 중에 같이 승무원을 꿈꿨던 친구가 있었는데 매일 소통하면서 가까워지게 되었다. 언니도 그런 파티 좋아하는 거 같은데 같이 가보지 않겠냐고 해서 따라 갔다가 둘 다 쎄씨아이콘으로 활동하게 되었다. 신기한건 우린 그날 처음 봤고 승무원을 꿈꿨지만 지금은 뷰티 쪽으로 미래를 생각하고 있다. 지금은 카톡까지 하는 사이로 발전하게 되었다. 그렇게 우연하게 인맥이 넓어지고 활동 범위도 넓어지고 있다.

처음에 욕심이 나서 블로그를 조금 더 체계적으로 키워볼까 하고 서점에 가서 블로그와 관련된 책을 많이 봤다. '이렇게만 하면 나도 파워블로거' 이런 식의 제목들이 많았다. 책을 펼치고 내용을 보면 블로그를 하는 나도 너무 어려워 책을 덮게 되었다.

마치 25살까지 모태솔로였던 내가 연애를 시작하기 전까지 도서관에서 책을 빌릴 때 마다 2-3권은 연애서적이었던 것처럼 그것은 글로만 배우는 연애와 같은 것이다. 만약 블로그를 하고 싶은 마음이 있다면 당장 블로그를 시작하는 것이 좋다. 뷰티블로그가 되고 싶다면 다섯 줄이라도, 아니 한 줄이라도 블로그에 후기를 남겨보자. 솔직함과 꾸준함만 있다면 블로그는 자연스럽게 커질 것이다.

블로그를 통해 내 커리어를 쌓을 기회가 많아지고 다양한 경험을 하게 된다. 이것은 내가 지난 1년간 블로그를 해오면서 실제로 겪었기 때문에 확신하여 말할 수 있다. 지금 내 블로그는 나의 그림일기, 성장일기이다. 앞으로도 꾸준히 성실하게 나의 일기장을 채워갈 생각이다.

내가 꿈을 이루는지, 블로그를 통해 확인해주길 바란다.